Jul.

千只鹤

[日] 川端康成 _著

罪孽也许不会消失，悲伤却是会过去的

叶渭渠 _译

浙江人民出版社

目录 Contents

- 千只鹤　001

　　千只鹤　003

　　森林的夕阳　037

　　志野彩陶　063

　　母亲的口红　085

　　双重星　113

- 波千鸟 149

    波千鸟 151

    旅途的别离 181

    新家庭 221

- 附录 243

    《千只鹤》：川端的美学思想 243

    川端康成生平年谱 248

    译著等身，风雨同路：记学者伉俪叶渭渠、唐月梅 257

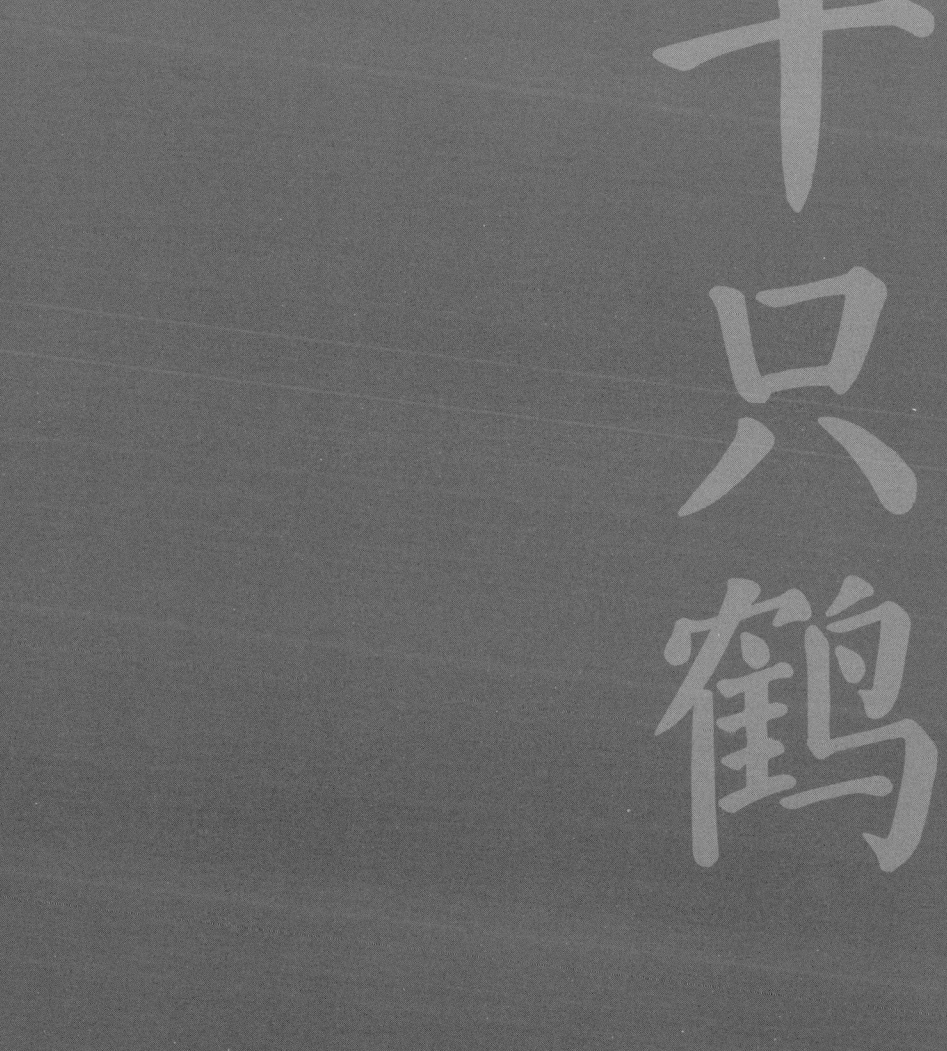

千只鹤

一

菊治踏入镰仓圆觉寺院内,对于是否去参加茶会还在踌躇不决。时间已经晚了。

"栗本近子之会"每次在圆觉寺深院的茶室里举办茶会的时候,菊治照例收到请帖,可是自从父亲辞世后,他一次也不曾去过。因为他觉得给他发请帖,只不过是一种顾及亡父情面的礼节,实在不屑一顾。

然而,这回的请帖上却附加了一句:切盼莅临,见见我的一个女弟子。

读了请帖,菊治想起了近子的那块痣。

菊治记得是八九岁的时候,父亲带他到了近子家,近子正在茶室里敞开胸脯,用小剪子剪去痣上的毛。那黑紫色的痣长在左乳房上,占了半边面积,直扩展到心窝处,有掌心那么大。

"哟!少爷也一道来了?"

近子吃了一惊,本想把衣襟合上。可是,也许她觉着慌张地掩藏反而不好意思,便稍转过身去,慢慢地把衣襟掖进腰带里。

她之所以吃惊,大概不是因为看到菊治的父亲,而是看到菊治才慌了神。女佣到正门去接应，并且通报过了，近子自然知道是菊治的父亲来了。

父亲没有直接走进茶室，而是坐在贴邻的房间里。这里是客厅，现在成了学习茶道的教室。

父亲一边观赏壁龛里的挂轴，一边漫不经心地说：

"给我来碗茶吧。"

"哎。"

近子应了一声，却没有立即站起身来。

近子那些像男人胡子般的毛，掉落在她膝上的报纸上。菊治全都看在眼里。

大白天，老鼠竟在天花板上跑来跑去。靠近廊子处，桃花已经绽开。

近子尽管坐在炉边烧茶，神态还是有点茫然。

此后过了十天，菊治听见母亲对父亲像要揭开惊人秘密似的说，近子只因为胸脯上长了块痣才没有结婚。母亲以为父亲不知晓。她似是很同情近子，脸上露出了怜悯的神色。

"哦，哦。"

父亲半带惊讶似的随声附和，却说：

"不过，让丈夫看见了又有什么关系呢，只要婚前取得谅解就好嘛。"

"我也是这么说的呀。可是，胸脯上有块大痣的事，女人家哪能说得出口。"

"可她已经不是小姑娘啦。"

"毕竟难以启齿呀。就算婚后才发现,对男人来说,也许会一笑了之。可是……"

"这么说,她让你看那块痣了?"

"哪能呢。净说傻话。"

"只是说说而已吗?"

"今天她来茶道教室的时候,闲聊了一阵子……终于才坦白了出来。"

父亲沉默不语。

"就算结了婚,男方又会怎样呢?"

"也许会讨厌,会感到不舒服吧。不过也很难说,说不定这种秘密会变成一种乐趣,一种魅惑。也许这个短处还会引出别的长处来呢。实际上,这又不是什么大不了的毛病。"

"我也安慰她说这不是毛病,可是她说,问题是这块痣长在乳房上。"

"嗯。"

"一想到孩子出生后要喂奶的事,她就倍感痛苦。就算丈夫认可,为了孩子也……"

"这是说因为有块痣,奶水就出不来吗?"

"不是……她说,孩子吃奶时,让孩子看见,她会感到痛苦。我倒没想到这一层。不过,设身处地地想一想,当事人不免会有各种想法啊!婴儿从出生之日起就要喂奶,第一次睁眼,就看见母亲乳房上这块丑陋的痣。孩子对这个世界的第一印象,对母亲的第一印象,就是乳房上的丑陋的痣——它会深刻地缠住孩子的一生啊!"

"嗯。不过,她过虑了,何苦呢。"

"说的是呀,给孩子喂牛奶,或请个奶妈不也可以吗。"

"乳房只要出奶,长块痣也无大碍嘛。"

"不,那可不行。我听她说那番话以后,泪水都淌出来啦。心想,有道理啊。就说咱家的菊治吧,我也不愿让他嘬有块痣的奶。"

"是啊。"

菊治对佯装不知的父亲感到义愤。菊治都看见近子的痣了,父亲竟无视它,他对这样的父亲也感到厌恶。

然而,事隔将近二十年后的今天,菊治回顾当年,父亲也一定很尴尬吧。于是他不由得露出了苦笑。

另外,菊治十几岁的时候,不时想起母亲的话,担心另有吃了长块痣的奶的异母弟妹。这使他感到不安,有些害怕。

菊治不仅害怕别处有自己的异母兄弟,更害怕有这种孩子。他不由得想象着孩子吃了那种痣上长毛的乳房的奶,产生这种孩子会变成恶魔的恐惧感。

幸亏近子没有生孩子。往坏里猜,也许是父亲没让她或不想让她生孩子,便向她吹风说,痣和婴儿的事使母亲流了泪。总之,父亲生前死后,都没有出现过近子的孩子。

菊治和父亲一起看见了那块痣后不久,大概近子琢磨着得赶在菊治告诉他母亲之前先下手为强,就前来向他母亲坦率地说出了这桩事。

近子一直没有结婚,莫非还是那块痣支配了她的人生?

但有点奇怪,那块痣给菊治留下的印象也没有消逝,很难说不会在某个地方同他的命运邂逅。

当菊治看到近子想借茶会的机会,让他看看某小姐的请帖附言时,那块痣又在眼前浮现,就蓦地想道:近子介绍的,会是个毫无瑕疵的玉肌洁肤的小姐吗?

菊治还曾这样胡思乱想:难道父亲不曾偶尔用手指去捏长在近子胸脯上的那块痣?也许甚至咬过那块痣呢?

如今菊治走在寺院山中小鸟啁啾鸣啭的庭院里,那种胡思乱想掠过脑际。

但近子被菊治看到那块痣两三年后,不知怎的竟男性化,现在则整个变成中性,实在有点蹊跷。

今天的茶席上,近子也在施展着她那麻利的本事吧。不过,也许那长着痣的乳房已经干瘪了。菊治意识过来,松了口气,刚要发笑,这时候,两位小姐从后面急匆匆地赶了上来。

菊治驻步让路,并探询道:

"请问,栗本女士的茶会是顺着这条路往里走吧?"

"是的。"

两位小姐同时回答。

菊治不用问路也是知道的，再说就凭小姐们这身和服装扮，也可以判断她们是去参加茶会的。不过，他是为了使自己明确要赴茶会才这样探询的。

那位小姐手拿一个用粉红色绉绸包袱皮包裹的小包，上面绘有洁白的千只鹤，美极了。

二

两位小姐走进茶室前,在换上布袜时,菊治也到了。

菊治从小姐身后瞥了一下内里,房间面积约莫八叠,人们几乎是膝盖挤着膝盖并排坐着。似乎净是些身着华丽和服的人。

近子眼快,一眼就瞅见菊治,蓦地站起身走了过来。

"哟,请进。稀客。欢迎光临。请从那边上来,没关系的。"

近子说着指了指靠近壁龛这边的拉门。

菊治觉着茶室里的女客们都回过头来了,他红着脸说:

"净是女客吗?"

"对,男客也来过,不过都走了。你是万绿丛中一点红。"

"不是红。"

"没问题,菊治有资格称红呀。"

菊治挥了挥手,示意要绕到另一个门口进去。

小姐把穿了一路的布袜,包在千只鹤包袱皮里,而后彬彬有礼地站在一旁,礼让菊治先走。

菊治走进了贴邻的房间,只见房间里散乱地放着诸如点心盒子、搬来的茶具箱、客人的东西等。女佣正在里面的茶具房里洗洗涮涮。

近子走了进来,像下跪似的跪坐在菊治面前,问道:

"怎么样,小姐还可以吧?"

"你是指拿着千只鹤包袱皮的那位吗？"

"包袱皮？我不知道什么包袱皮。我是说刚才站在那里的那位标致的小姐呀。她是稻村先生的千金。"

菊治暧昧地点了点头。

"包袱皮什么的，你竟然连这样古怪的东西都注意到了，我可不能大意。我还以为你们是一起来的，正暗自佩服你筹划的本事哪。"

"瞧你说的。"

"在来的路上碰上，那是有缘嘛。再说令尊也认识稻村先生。"

"是吗？"

"她家早先是横滨的生丝商。今天的事，我没跟她说，你放心地好好端详吧。"

近子的嗓门不小，菊治担心仅隔一隔扇的茶室里的人是否都听见了，正在无可奈何的时候，近子突然把脸凑了过来：

"不过，事情有点麻烦。"

她压低了嗓门：

"太田夫人来了，她女儿也一起来了。"

她一边观察菊治的脸色，一边又说：

"今天我可没有请她……但这种茶会，任何过路人都可以来，刚才就有两批美国人来过。很抱歉，太田夫人听说有茶会就来了，无可奈何呀。不过，你的事她当然不晓得。"

"今天的事，我也……"

菊治本想说自己压根儿没有打算来相亲，可是没说出口，又把话咽了回去。

"尴尬的是太田夫人，你只当若无其事就行。"

菊治对近子这种说法也非常生气。

看样子栗本近子同父亲的交往并不深，时间也短。父亲辞世前，近子总以一个随便的女人的姿态，不断出入菊治家。不仅在茶会上，而且到菊治家做常客时也下厨房干活。

自从近子整个男性化后，母亲似乎觉得事已至此，妒忌之类的事未免令人哭笑不得，显得十分滑稽。菊治母亲后来肯定已经察觉，菊治父亲看过近子的那块痣。但这时早已是时过境迁，近子也爽朗而若无其事似的，总站在母亲的后面。

菊治不知不觉间对待近子也随便起来，在不时任性地顶撞她的过程中，幼时那种令人窒息的嫌恶感也淡薄了。

近子的男性化，以及成为菊治家的帮工，也许符合她的生活方式。

作为茶道师傅，近子仰仗菊治家，已小有名气。

父亲辞世后，菊治想到近子不过是因为同父亲有过一段无常的交往，就把自己的女人天性扼杀殆尽，不由得对她涌起一丝淡淡的同情。

母亲之所以不那么仇视近子，也是因为受到了太田夫人问题的牵制。

自从茶友太田去世后,菊治的父亲负责处理太田留下的茶具,遂同他的遗孀接近了。

最早把此事报告菊治母亲的就是近子。

当然,近子是站在菊治母亲一边进行活动的,甚至做得太过分了。近子尾随菊治父亲,还屡次三番地前往遗孀家警告人家,活像她自身的妒火发生了井喷似的。

菊治母亲天生腼腆,近子这样捕风捉影地好管闲事,她反而被吓住,生怕家丑外扬。

即使菊治在场,近子也向菊治母亲数落太田夫人。菊治母亲不愿意听,近子竟说让菊治听听也好。

"上回我去她家,狠狠地训斥了她一顿,大概是被她的孩子偷听了,忽然听见贴邻的房间里好像传来了抽泣声。"

"是她的女儿吧?"

母亲说着皱起了眉头。

"对。据说十二岁了。太田夫人也不太明智。我还以为她会去责备女儿,谁知她竟特地站起身到隔壁去把孩子抱了过来,搂在膝上,跪坐在我面前,母女俩一起哭给我看呢。"

"那孩子太可怜了,不是吗?"

"所以说,也可以把孩子当作出气的工具嘛。因为那孩子对她母亲的事全都清楚。不过,姑娘长了个小圆脸,倒是蛮可爱的。"

近子边说边望了望菊治。

"我们菊治少爷,要是对父亲说上几句就好啦。"

"请你少挑拨离间。"

母亲到底还是规劝了她。

"太太总爱把委屈往肚子里咽,这可不行。咬咬牙全都吐露出来才好呀。太太您这么瘦,可人家却光润丰盈。她尽管机智不足,却以为只要温顺地哭上一场,就能解决问题……首先,她那故去的丈夫的照片,还原封不动耀眼地装饰在接待您家先生的客厅里。您家先生也真能沉得住气呀。"

当年被近子那样数落过的太田夫人,在菊治的父亲死后,甚至还带着女儿来参加近子的茶会。

菊治仿佛被某种冰冷的东西狠击了一下。

纵令像近子所说,她今天并没有邀请太田夫人来,太田夫人同近子在菊治父亲死后可能还有交往,还是令菊治感到意外。也许甚至是她让女儿来向近子学习茶道的。

"如果你不愿意,那就让太田夫人先回去吧。"

近子说着望了望菊治的眼睛。

"我倒无所谓,如果对方要回去,随便好了。"

"如果她是那样明智的人,令尊令堂何至于烦恼呢。"

"不过,那位小姐不是一道来的吗?"

菊治没见过太田遗孀的女儿。

菊治觉得与太田夫人同席时,和那位手拿千只鹤包袱的小姐相见不合适。再说,他尤其不愿意在这里初次见太田小姐。

可是,近子的话声仿佛总在耳旁萦回,刺激着他的神经。

"反正她们都知道我来了,想逃也不成。"

菊治说着站起身来。

他从靠近壁龛这边踏入茶室,在进门处的上座坐了下来。近子紧跟其后进来。

"这位是三谷少爷,三谷先生的公子。"

近子郑重其事地将菊治介绍给大家。

菊治再次向大家施了一个礼,抬起头时,把小姐们都清楚地看在眼里。

菊治似乎有点紧张。他满目飞扬着和服的鲜艳色彩,起初无法分清谁是谁。

待到定下心来,才发现太田夫人就坐在正对面。

"啊!"夫人说了一声。

在座的人都听见了,那声音是多么淳朴而亲切。

夫人接着说:"多日不见,久违了。"

于是她轻轻地拽了拽身旁女儿的袖口,示意她快打招呼。小姐显得有些困惑,脸上飞起一片红潮,低头施礼。

菊治感到十分意外。夫人的态度没有丝毫敌视或恶意，倒显得着实亲切。同菊治的不期而遇，似乎令夫人格外高兴。看来她简直忘却了自己在满座中的身份。

小姐一直低着头。

待到回过神来，夫人的脸颊也不觉染红了。她望着菊治，目光里仿佛带着要来到他身边倾吐衷肠的情意。

"您依然修习茶道吗？"

"不，我向来不修习。"

"是吗？可府上是茶道世家啊！"

夫人似乎感伤起来，眼睛湿润了。

菊治自从父亲葬礼之后，就没见过太田的遗孀。她同四年前相比几乎没怎么变化。

她那白皙修长的脖颈，和那与之不相称的圆匀肩膀，依然如旧时。体态比年龄显得年轻。鼻子和嘴巴比眼睛显得小巧玲珑。仔细端详，那小鼻子模样别致，招人喜欢。说话的时候，偶尔显出反咬合的样子。

小姐继承了母亲的基因，也是修长的脖子和圆圆的肩膀。嘴巴比她母亲大些，一直紧闭着。同女儿的嘴唇相比较，母亲的嘴唇似乎小得有点滑稽。

小姐那双黑眼珠比母亲的大，她的眼睛似乎带着几分哀愁。

近子看了看炉里的炭火，说：

"稻村小姐,给三谷先生沏上一碗茶好吗?你还没点茶吧。"

"是。"

拿着千只鹤包袱的小姐应了一声,就站起身走了过去。

菊治知道,这位小姐坐在太田夫人的近旁。

但是,菊治看到太田夫人和太田小姐后,就避免把目光投向稻村小姐。

近子让稻村小姐点茶,也许是为了让菊治看看稻村小姐吧。

稻村小姐跪坐在茶水锅前,回过头来问近子:

"用哪种茶碗?"

"用那只织部茶碗[1]合适吧,"近子说,"因为那只茶碗是三谷少爷的父亲爱用的,还是他送给我的呢。"

放在稻村小姐面前的这只茶碗,菊治仿佛也见过。虽说父亲肯定使用过,不过那是父亲从太田遗孀那里转承下来的。

丈夫喜爱的遗物,从菊治的父亲那里又转到近子手里,此刻又这样地出现在茶席上,太田夫人不知抱着什么样的心情来看待。

菊治对近子的满不在乎感到震惊。

要说满不在乎,太田夫人又何尝不是满不在乎呢。

与中年女人过去所经历的紊乱纠葛相比,菊治感到这位点茶的小姐的纯洁实在很美好。

---

[1] 桃山时代在美浓由古田织部指导烧制的陶器茶碗,由此得名。

三

近子想让菊治瞧瞧手里拿着千只鹤包袱的小姐。大概小姐本人不知道她这番意图吧。

毫不怯场的小姐点好了茶,亲自端到菊治面前。

菊治喝完茶,欣赏了一下茶碗。这是一只黑色的织部茶碗,正面的白釉处还用黑釉描绘了嫩蕨菜的图案。

"见过吧?"

近子迎面说了句。

"可能见过吧。"

菊治暧昧地应了一声,把茶碗放下来。

"这蕨菜的嫩芽,很能映出山村的情趣,是适合早春使用的好茶碗,令尊也曾使用过。从季节上说,这个时候拿出来用,虽然晚了点儿,不过用它来给菊治少爷献茶正合适。"

"不,对这只茶碗来说,家父曾短暂地持有过它,算得了什么呢。毕竟这只传世的茶碗是从桃山时代的利休传下来的。这是众多茶人经历几百年传承下来的,所以家父恐怕还数不上。"菊治说。

菊治试图忘掉这只茶碗的来历。

这只茶碗由太田先生传给他的遗孀,再从太田遗孀那里转到菊治的父亲手里,又由菊治的父亲转给了近子,而太田和菊治的父亲这两个男人都已去世，相比之下，两个女人却在这里。仅就这点来说，这只茶碗的命运也够蹊跷的了。

如今，这只古老的茶碗，在这里又被太田的遗孀、太田小姐、近子、稻村小姐，以及其他小姐用唇接触，用手抚摩。

"我也要用这只茶碗喝一碗。因为刚才用的是别的茶碗。"
太田夫人有点唐突地说。

菊治又是一惊。不知她是在冒傻气呢，还是厚脸皮。

菊治觉得一直低着头的太田小姐怪可怜的，不忍心看她。

稻村小姐为太田夫人再次点茶。全场人的目光都落在她的身上。不过，这位小姐大概不晓得这只黑色织部茶碗的因缘吧。她只顾按照学来的规范动作而已。

她那淳朴的点茶做派，没有丝毫毛病。从胸部到膝部的姿势都非常正确，可以领略到她的高雅气度。

嫩叶的影子投在小姐身后的糊纸拉门上，使人感到她那艳丽的长袖和服的肩部和袖兜隐约反射出柔光。那头秀发也非常亮丽。

作为茶室来说，这房间当然太亮了些，然而它却能映衬出小姐的青春光彩。少女般的小红绸巾也不使人感到平庸，反倒给人一种水灵灵的感觉。小姐的手恍若绽开的红花。

小姐的周边，仿佛有又白又小的千只鹤在翩翩飞舞。

太田遗孀把织部茶碗托在掌心上，说道：

"这黑碗衬着绿茶,就像春天萌发的翠绿啊!"

她到底没有说出这只茶碗曾是她丈夫所有。

接着,近子只是形式上出示并介绍了一下茶具。小姐们不了解茶具的由来,只顾听她的介绍。

水罐和小茶勺、柄勺,先前都是菊治父亲的东西,但是近子和菊治都没说出来。

菊治望着小姐们起身告辞回家,然后刚坐下来,太田夫人就挨近来说道:

"刚才失礼了,你可能生气了吧。不过我一见到你,首先就感到很亲切。"

"哦。"

"你长得仪表堂堂。"

夫人的眼里仿佛噙着泪珠。

"啊,对了,令堂也……本想去参加葬礼来着,却终于没有去成。"

菊治露出不悦的神色。

"令尊令堂相继辞世……你很寂寞吧?"

"哦。"

"还不回家吗?"

"哦,再过一会儿。"

"我想有机会再和你谈谈……"

近子在隔壁扬声:

"菊治少爷!"

太田夫人恋恋不舍似的站起身来。小姐早已在庭院里等着她。

小姐和母亲向菊治低头施礼,然后离去了。小姐那双眼睛似乎在倾诉着什么。

近子和两三个亲近的弟子以及女佣在贴邻房间收拾茶具。

"太田夫人说什么了?"

"没说什么……没说什么。"

"对她可得提防着点儿。她总装出一副温顺无辜的样子,可心里想些什么,是很难捉摸的。"

"可是,她不是经常来参加你的茶会吗?从什么时候开始的?"

菊治带点挖苦地说。

他走出了房间,像要避开这种恶意的气氛似的。

近子尾随而来,说道:

"怎么样,那位小姐不错吧?"

"是位不错的小姐。如果能在没有你和太田夫人以及没有家父幽魂徘徊的地方见到她,那就更好。"

"你这么介意这些事吗?太田夫人与那位小姐没有什么关系呀。"

"我只觉得对那位小姐有点过意不去。"

"有什么可过意不去的。你如果介意太田夫人在场的话,我很抱歉。不过，我今天并没有请她来。稻村小姐的事，请另作考虑。"

"可是，今天就此告辞了。"

菊治停下脚步说。如果他边走边说，近子就没有要走开的意思。

剩下菊治一人时，他看到前方山脚下缀满杜鹃花的蓓蕾。他深深地吸了口气。

近子的信把自己引诱来了，菊治嫌恶自己。但手拿千只鹤小包袱的小姐给他留下的印象却是鲜明的。

在茶席上看见父亲的两个女人，自己没有什么厌烦，也许是由于那位小姐的关系吧。

但是，一想到这两个女人如今还活着，并且在谈论父亲，而母亲却已辞世，菊治不免感到一股怒火涌上心头。近子胸脯上那块丑陋的痣也浮现在眼前。

晚风透过嫩菜习习传来。菊治摘下帽子，慢步走着。

他从远处看见太田夫人站在山门后。

菊治蓦地想避开此道，环顾了一下四周。如果走左右两边的小山路，似乎可以不经过山门。

然而，他还是朝山门的方向走去，仿佛紧绷着脸。

太田夫人发现菊治后，反而迎了上来。她两颊绯红。

"我想再见见你，就在这儿等候了。也许你会觉得我是个厚脸皮的女人，可是我不愿就那样分别……再说就那样分别，还不知什么时候才能再见到你。"

"小姐呢?"

"文子先回去了。和朋友一起走的。"

"这么说,小姐知道她母亲在等我啰。"菊治说。

"是的。"夫人答道。她望了望菊治的脸。

"看来,小姐是讨厌我啰,不是吗?刚才在茶席上,小姐似乎也不想见我,真遗憾。"

菊治的话像很露骨,又像很婉转。可是夫人却直率地说:

"她见了你,心里准是很难过。"

"也许是家父使她感到相当痛苦的缘故吧。"

菊治本想说,这就像太田夫人的事使自己感到痛苦那样。

"不是的。令尊很喜欢文子哪。这些情况,有机会时我再慢慢告诉你。起初,令尊再怎么善待这孩子,她也一点儿都不亲近他。可是,战争快结束的时候,空袭越发猛烈,她似乎悟到了什么,态度整个转变了。她也想对令尊尽自己的一份心。虽说是尽心,可是一个女孩子能做到的,充其量不过是买只鸡,做个菜,敬敬令尊罢了。不过,她倒是挺拼命的,也曾冒过相当大的危险。在空袭中,她还曾从老远的地方把米运了回来……她的突然转变,让令尊也感到震惊。看到孩子的转变,我又心疼又难过,仿佛遭到谴责似的。"

菊治这才想到,母亲和自己都曾受过太田小姐的恩惠。那时候,父亲偶尔意外地带些土特产回家来,原来都是太田小姐采购的啊。

"我不太清楚女儿的态度为什么突然转变,也许她每天都在想着令尊说不定什么时候就会死去,所以很同情我吧。她真的不顾一切,也要对令尊尽一份心啊!"

在那战败的岁月里,小姐清楚地看到了母亲拼命纠缠,不放过同菊治父亲的爱吧。现实生活日趋严酷,每天她顾不得去想自己已故的父亲的过去,只顾照料母亲的现实。

"刚才,你注意到文子手上的戒指了吧?"

"没有。"

"那是令尊送给她的。令尊即使到我那儿,只要一响警报,他立即就要回家,这样一来,文子说什么也要送他回去。她担心令尊一人在途中会发生什么事。有一回,她送令尊回府上,却不见她回家来。如果她在府上歇一宿就好了,我担心的是他们两人会不会在途中都死了呢。到了第二天早晨,她才回到家里来。一问才知道,她送令尊到府上大门口就折回来了,在半路上一个防空壕里待到天亮呢。令尊再来时说:'文子,上回谢谢你啦。'说着就送给她那只戒指了。这孩子大概不好意思让你看到那只戒指吧。"

菊治听着,不由得厌烦起来。奇怪的是,太田夫人竟想当然地以为会博得菊治的同情。

不过,菊治的情绪还没有发展到明显地憎恨或提防太田夫人的地步。太田夫人好像有一种本事，会使人感到温馨而放松戒备。

小姐之所以拼命尽心侍候，也许是不忍目睹母亲的凄凉吧。

菊治觉得夫人说的虽是小姐的往事，实际上却是在倾诉她自己的情爱。

夫人也许想倾吐衷肠。然而，说得极端些，她仿佛分辨不清谈话对象的界限，是菊治的父亲还是菊治。她与菊治谈话就像跟他父亲说话一样，格外亲昵。

早先菊治与母亲一起对太田遗孀所抱的敌意，虽说还没有完全消失，但是那股劲头已减去大半了。一不注意，甚至下意识地觉得自己就是她所爱的父亲，仿佛被导入一种错觉，觉得与这个女人早就很亲密了。

菊治知道，父亲很快就与近子分手了，可是同这个女人的关系则维系至死。菊治估计近子会欺负太田夫人。他心中也萌生出带点残忍的苗头，诱惑他轻松地作弄一下太田夫人。

"你常出席栗本的茶会？从前她不是总欺负你吗？"菊治说。

"是的。令尊仙逝后，她给我来过信，因为我怀念令尊，也很寂寞，所以……"夫人说罢，垂下头来。

"令爱也一起来吗？"

"文子大概很勉强地陪我来的。"

他们跨过铁轨，走过北镰仓车站，朝着与圆觉寺相反方向的山那边走去。

四

太田遗孀至少也有四十五开外，比菊治年长近二十岁，可她却使菊治忘却了她的年纪。菊治仿佛搂抱着一个比自己还年轻的女人。

毫无疑问，菊治也和夫人一起享受着来自夫人经验的那份愉悦，他并不胆怯，也不觉得自己是个经验肤浅的单身汉。

菊治觉得自己仿佛是初次同女人发生了关系，也懂得了男人。他对自己这份男性的觉醒感到惊讶。在这以前，菊治从来不知道女人竟是如此温柔的被动者，温馨得简直令人陶醉的被动者。

很多时候，独身者菊治在事情过后，不知为什么总觉得有一种厌恶感。然而，在理应最可憎的此时此刻，他却又觉得甜美而安详。

每当这种时候，菊治就不由得想冷漠地离开，可是这次他却听任她温馨地依偎，自己则如痴似醉。这似乎是头一回。他不知道女人情感的波浪竟是这般尾随着追上来。菊治在这波浪中歇息，宛如一个征服者一边瞌睡一边让奴隶给他洗脚，感到心满意足。

另外，还有一种母爱的感觉。菊治缩着脖颈说：

"栗本这个地方有一大块痣，你知道吗？"

菊治也察觉到自己突然脱口说出了一句不得体的话，也许是思绪松弛了的缘故，可他并不觉得这话对近子有什么不利。

"长在乳房上，喏，就在这里，是这样……"说着菊治把手伸了过去。

促使菊治说出这种话的东西,在他的体内抬头了。这是一种像是要拂逆自己,又像是想伤害对方的难为情。也许这是为了掩饰想看那个地方的甜蜜的羞怯。

"不要这样嘛,太可怕了。"

夫人说着悄悄地把衣领子合拢,却蓦地又像有点难以理解似的,悠然地说:

"这话我还是头一次听说,不过,在衣服里面,看不见吧?"

"哪能看不见呢。"

"哟,为什么?"

"瞧,在这儿就看见了嘛。"

"哟,瞧你多讨厌呀,以为我也长了痣才找的吧?"

"那倒不是。但真有的话,你此刻的心情会是怎样的呢?"

"在这儿,是吗?"夫人也看了看自己的胸脯,却毫无反应地说,"为什么要说这些呢?这种事与你有什么相干?"

菊治的挑逗,对夫人似乎完全没有效应。可是,菊治自己却更来劲了。

"怎么会不相干呢?虽说我八九岁的时候只看过一次那块痣,但直到现在还浮现在我眼前呢。"

"为什么?"

"就说你吧,你也遭到那块痣作祟嘛。还记得吗,栗本打着家母和我的招牌,到你家去狠狠地数落过你。"

夫人点点头,然后悄悄地缩回身子。菊治使劲搂住她说:

"我想,就是在那个时候,她肯定还在不断地意识到自己胸脯上那块痣,所以出手才更狠。"

"算了,你在吓唬人呢。"

"也许是要报复一下家父那种心情在起作用。"

"报复什么呢?"

"由于那块痣,她始终很自卑,认定是由于这块痣,自己才被抛弃的。"

"请不要再谈痣的事了,谈它只会使人不舒服。"

夫人似乎无意去想象那块痣。

"如今栗本无须介意什么痣的事,日子过得蛮顺心的嘛。那种苦恼早已过去了。"

"苦恼一旦过去,就不会留下痕迹吗?"

"一旦过去,有时还会令人怀念呢。"夫人说。

她恍如还在梦境中。

菊治本不想谈的唯一一件事,也都吐露了出来。

"刚才在茶席上坐在你身旁的小姐……"

"啊,是雪子,稻村先生的千金。"

"栗本邀我去，是想让我看看这位小姐。"

"是吗？"

夫人睁开了她那双大眼睛，目不转睛地望着菊治。

"原来是相亲呀，我一点也没有察觉到。"

"不是相亲。"

"原来如此呀！是相过亲后回家的啊。"

夫人潸然泪下，泪珠成串地落在枕头上。她的肩膀在颤动。

"不应该呀，太不应该啦！为什么不早些告诉我？"

夫人把脸伏在枕头上哭了起来。

菊治是没料想到这情形的。

"管他是相亲回来也罢，不是也罢，要说不应该那就不应该吧。那件事与这件事没有关系。"菊治说。他心里也着实这样想。

不过，稻村小姐点茶的姿影又浮现在菊治脑海里。他仿佛又看到缀有千只鹤的粉红色包袱皮。

这么一来，哭着的夫人的身躯就显得丑恶了。

"啊！太不好意思啦。罪过啊。我是个要不得的女人吧。"

夫人说罢，她那圆匀的肩膀又颤抖起来。

对菊治来说，假使说后悔，那无疑是因为觉得丑恶。就算相亲一事另作别论，她到底是父亲的女人。

但直到此时，菊治既不后悔，也不觉得丑恶。

菊治也不十分清楚自己为什么会与夫人陷人这种状态。事态的发展就是这么自然。也许夫人刚才的话是后悔自己诱惑了菊治。但是，恐怕夫人并没有打算去诱惑他，再说菊治也不觉得自己被人引诱。还有，从菊治的情绪来看，他也毫无抵触，夫人也没有任何拂逆。可以说，在这里没有什么道德观念的投影。

他们两人走进一家坐落在与圆觉寺相对的山丘上的旅馆，用过了晚餐。因为有关菊治父亲的情况还没有讲完。菊治并不是非听不可，规规矩矩地听着也显得滑稽，可是，夫人似乎没有考虑到这点，只顾眷恋地倾诉。菊治边听边感到她那安详的好意，仿佛笼罩在温柔的情爱里。

菊治恍如领略到父亲当年享受的那种幸福。

要说不应该那就不应该吧。他失去了挣脱夫人的时机，沉湎在甘美的情致中。

然而，也许是因为心底潜藏着阴影，所以菊治才像吐毒似的，把近子和稻村小姐的事都说了出来。

结果，效应过大了。如果后悔就显得丑恶，菊治对自己还想向夫人说些残酷的事，蓦地产生了一种自我嫌恶感。

"忘了这件事吧，它算不了什么。"夫人说，"这种事，算不了什么。"

"你只不过是想起了家父的事吧。"

"哟！"

夫人惊讶地抬起头来。因为刚才伏在枕头上哭泣，眼皮都红了。眼白也显得有些模糊，菊治看到她那睁开的瞳眸里还残留着女人的倦怠。

"你要这么说，也没办法。我是个可悲的女人吧。"

"才不是呢。"

说着，菊治猛然拉开她的胸襟。

"要是有痣，印象更深，是很难忘记的……"

菊治对自己的话感到震惊。

"不要这样。这么看，我已经不年轻了。"

菊治露出牙齿贴近她。

夫人刚才那股感情的浪波又荡了回来。

菊治安心地进入梦乡了。在似梦非梦中，传来了小鸟的鸣啭。在小鸟的啁啾中醒来，他觉得这种经历好像还是头一回。

活像朝雾濡湿了翠绿的树木，菊治的头脑仿佛也经过了一番清洗，脑海里没有浮现任何杂念。

夫人背向菊治而睡。不知什么时候又翻过身来。菊治觉得有点可笑，支起一只胳膊肘，凝视着蒙眬中的夫人的容颜。

五

茶会过后半个月,菊治接受了太田小姐的造访。

菊治把她请进客厅之后,为了按捺住心中的忐忑,亲自打开茶柜,把洋点心放在碟子里,可还是无法判断小姐是独自来的,还是夫人由于不好意思进菊治家而在门外等候。

菊治刚打开客厅的门扉,小姐就从椅子上站起身来。她低着头,紧抿着反咬合的下唇。这副模样,映入了菊治的眼帘。

"让你久等了。"

菊治从小姐身后走过去,把朝向庭院的那扇玻璃门打开了。

他走过小姐身后时,隐约闻到花瓶里白牡丹的芳香。小姐的圆匀肩膀稍往前倾。

"请坐!"

菊治说着,自己先坐到椅子上,不可思议地平静下来。因为他在小姐身上看到了她母亲的面影。

"突然来访,失礼了。"小姐依然低着头说。

"不客气。你好熟悉路呀。"

"哎。"

菊治想起来了。那天在圆觉寺,菊治从夫人那里听说,空袭的时候,这位小姐曾经送父亲到家门口。

菊治本想提这件事，却又止住了。但是，他望着小姐。

于是，太田夫人那时的那份温馨，宛如一股热泉在他心中涌起。菊治想起夫人对一切都温顺宽容，使他感到无忧无虑。

大概是那时的安心感起了作用，菊治对小姐的戒心也松弛下来。然而，他还是无法正面凝望她。

"我……"小姐话音刚落，就抬起了头。

"我是为家母的事来求您的。"

菊治屏住气息。

"希望您能原谅家母。"

"啊？原谅什么？"

菊治反问了一句，他觉察出夫人大概把自己的事也坦率地告诉小姐了。

"如果说请求原谅的话，应该是我吧。"

"令尊的事，也希望您能原谅。"

"就说家父的事吧，请求原谅的，不也应该是家父吗？再说，家母如今已经过世，就算要原谅，由谁原谅呢？"

"令尊那样早就仙逝，我想也可能是由于家母的关系。还有令堂也……这些事，我对家母也都说过了。"

"那你过虑了。令堂真可怜。"

"家母先死就好了！"

小姐显得羞愧至极,无地自容。

菊治察觉出小姐是在说她母亲与自己的事。这件事,不知使小姐蒙受了多大的耻辱和伤害。

"希望您能原谅家母。"小姐再次拼命请求似的说。

"不是原谅不原谅的事。我很感谢令堂。"菊治也很明确地说。

"是家母不好。家母这个人很糟糕,希望您不要理睬她。再也不要去理睬她了。"

小姐急言快语,声音都颤抖了。

"求求您!"

菊治明白小姐所说的原谅的意思。自然也包括不要理睬她母亲。

"请您也不要再打电话来……"

小姐说着脸也绯红了。她反而抬起头来望着菊治,像是要战胜那种羞耻似的。她噙着泪水,睁着黑溜溜的大眼睛,毫无恶意,像是在拼命地哀求。

"我全明白了。真过意不去。"菊治说。

"拜托您了!"

小姐腼腆的神色越发浓重,连白皙的长脖颈都浸染红了。也许是为了突出细长脖颈的美,在洋服的领子上有白色的饰物。

"您打电话约家母,她没有去,是我阻拦她的。她无论如何也要去,我就抱住她不放。"

小姐说完，稍松了口气，声调也和缓了。

菊治给太田夫人打电话约她出来，是那次之后的第三天。电话中传来的夫人的声音，确实显得很高兴，但她却没有如约到茶馆来。

菊治只打过这么一次电话。后来他也没有见过夫人。

"后来，我也觉得母亲很可怜。但当时我只顾无情地拼命阻拦她。家母说，那么文子，你替我回绝吧。可是我走到电话机前也说不出话来。家母直勾勾地望着电话机，潸然泪下，仿佛三谷先生就在电话机前似的。家母就是这么一个人。"

两人都沉默了一会儿，菊治说：

"那次茶会之后，令堂等我的时候，你为什么先回去了呢？"

"因为我希望三谷先生了解家母并不是那么坏。"

"她太不坏了。"

小姐垂下眼睑。漂亮的小鼻子下，衬托着地包天的嘴唇，典雅的圆脸很像她母亲。

"我早知道令堂有你这样一位千金，我曾设想过同这位小姐谈谈家父的事。"

小姐点点头。

"我也曾这样想过。"

菊治暗想道：要是与太田遗孀之间什么事也没有，能与这位小姐无拘无束地谈谈父亲的事，该有多好。

不过,从心情上说,菊治衷心原谅太田的遗孀,也原谅父亲与她的事,因为他与这位遗孀之间不是什么关系也没有。难道这很奇怪吗?

小姐大概觉得待得太久了,赶忙站起身来。

菊治送她出去。

"有机会再与你谈谈家父的事,再谈谈令堂美好的人品就好了。"

菊治只是随便说说,可对方似乎有同感。

"是啊。不过,您不久就要结婚了吧?"

"我吗?"

"是呀。家母是这么说的,您与稻村雪子小姐相过亲了?"

"没这回事。"

迈出大门就是下坡道。坡道上约莫中段处有个小拐弯,由此回头望去,只能看到菊治家院里的树梢。

菊治听了小姐的话,脑海里忽地浮现出千只鹤小姐的姿影。正在这时,文子停下了脚步向他道别。

菊治与小姐相反,爬上坡道回去了。

森林的夕阳

一

近子给还在公司里的菊治打电话。

"今天直接回家吗?"

当然回家,可是菊治露出不悦的神色说:

"是啊。"

"令尊历年都照例在今天举办茶会,为了令尊,今天请一定直接回家呀。一想起这事,我就坐不住了。"

菊治沉默不语。

"我打扫茶室呀,喂喂,我打扫茶室的时候,突然想做几道菜呢。"

"你现在在哪里?"

"在府上,我已经到府上了。对不起,没先跟你打招呼。"

菊治吃了一惊。

"一想起来,我就坐不住了呀。于是我想,哪怕把茶室打扫打扫,心情也会平静一些。本应先给你打个电话,可我想你肯定会拒绝。"

菊治父亲死后,茶室就没用过了。

菊治母亲健在的时候,偶尔还进去独自坐坐,但没有在炉里生火，只提了一壶开水进去。菊治不喜欢母亲进茶室。他担心那里太冷清，母亲不知会想些什么。

菊治曾想窥视一下母亲独自在茶室里的模样，但终究没窥见过。

不过，父亲生前，张罗茶室事务的是近子。母亲是很少进茶室的。

母亲辞世后，茶室一直关闭着。充其量一年中由父亲在世时就在家里干活的老女佣打开几次，通通风而已。

"从什么时候开始没有打扫？榻榻米再怎么揩拭，都有一股发霉味，真拿它没办法。"

近子的话越发放肆了。

"我一打扫，就想要做几道菜。因为是心血来潮，材料也备不齐，不过也稍许做了点准备，因此希望你直接回家来。"

"啊？！真没办法啊。"

"菊治一个人太冷清了，不妨邀公司三四位朋友一道来怎么样？"

"不行呀，没有懂茶道的。"

"不懂更好，因为准备得很简单。请他们尽管放心地来吧。"

"不行。"

菊治终于冒出了这句话。

"是吗，太令人失望了。怎么办呢？哦，请谁呢，令尊的茶友嘛……怎能请来。这样吧，请稻村小姐来好不好？"

"开玩笑，你算了吧。"

"为什么？不是很好吗？那件事，对方是有意思的，你再仔细观察观察，好好跟她谈谈不好吗？今天我不妨邀请她，如果她来，就表明她那边没问题了。"

"我可不愿做这种事。"菊治十分苦恼，说，"算了。我不回家。"

"啊？瞧你说的。这种事在电话里说不清楚。以后再说吧。总之，事情的原委就是这样，请早点回来吧。"

"所谓事情的原委，是什么原委？我可不知道。"

"行了，就算我瞎操心。"

近子虽然这么说，但是她那强加于人的气势还是传了过来。

菊治不禁想起近子那块占了半边乳房的大痣。

于是，菊治听见近子清扫茶室的扫帚声，仿佛是扫帚在扫自己的脑海所发出的声音似的，还觉得自己的脑子里像是被她用揩榻榻米边缘的抹布揩拭一样。

这种嫌恶感首先涌现出来，近子竟趁他不在家，擅自登门，甚至随意做起菜来，这的确是件奇怪的事。

为了供奉父亲，打扫一下茶室，或插上几枝鲜花就回去，那还情有可原。

然而，在菊治怒火中烧，泛起一种嫌恶感的时候，稻村小姐的姿影犹如一道亮光在闪烁。

父亲辞世后，菊治与近子自然就疏远了。可是，她现在难道企图以稻村小姐作为引诱的手段,重新与菊治纠缠不休吗?

近子的电话,语调中照例露出她那滑稽的性格,有时还令人苦笑而缺乏警惕,同时听起来还带有命令式,实在是咄咄逼人。

菊治思忖,之所以觉得咄咄逼人,那是因为自己有弱点。既然惧怕弱点,对近子那随意的电话就不能恼火。

近子是因为抓住了菊治的弱点,才步步进逼的吗?

一下班,菊治就去银座,走进一家小酒吧。

菊治虽然不得不按近子所说的回家去,可是他背着自己的弱点,越发感到郁闷了。

圆觉寺的茶会后,在归途中,菊治与太田的遗孀在北镰仓的旅馆里,意外地住了一宿,看样子近子不知道,但不知从那以后她是不是见过太田遗孀。

菊治怀疑,电话里近子那种强加于人的语气,似乎不全是出于她的厚脸皮。

不过,也许近子只是企图按照她自己的做法,去推进菊治与稻村小姐的事。

菊治在酒吧里也安不下心来,便乘上了回家的电车。

国营电车经过有乐町,驶向东京站途中,菊治透过车窗俯视有成排高高的行道树的大街。

那条大街差不多同国营电车线形成直角,东西走向,正好反射了西照的阳光，宛如一块金属板，灿灿晃眼。但由于是从夕照下的行道树的背面看，那墨绿色显得特别深沉，树荫凉爽。树枝舒展，阔叶茂盛。大街两旁，是一幢幢坚固的洋楼。

这大街上的行人却少得难以想象。寂寥异常，可以一直眺望到皇宫护城河那边。光亮晃眼的车道也是静寂的。

从拥挤的电车厢里俯视，仿佛只有这条大街才浮现在黄昏奇妙的时间里，有点像外国的氛围。

菊治觉得，自己仿佛看见稻村小姐抱着缀有千只鹤的粉红色绉绸包袱皮小包，走在那林荫路上。千只鹤包袱皮十分显眼。

菊治心情十分舒畅。

可是，一想到这时候小姐也许已经到自己家里了，菊治心中不由得忐忑不安起来。话又说回来，近子在电话里让菊治邀请几个朋友来，菊治不肯，她就说，那么把稻村小姐请来吧，这是什么打算呢？她是不是从一开始就有心要请小姐来呢？菊治还是不明白。

他一到家，近子急匆匆地迎到门口，说：

"就一个人吗？"

菊治点了点头。

"一个人太好了。她来啦。"

近子说着走了过来，示意要把菊治的帽子和皮包接过去。

"你好像拐到什么地方去了吧？"

菊治心想是不是自己脸上还带着酒气。

"你到哪儿去了？后来我又往公司打了电话，说你已经走了，我还算了一下你回家的时间呢。"

"真令人吃惊。"

近子擅自走进这家门，任意作为，事前也不招呼一声。

她尾随菊治来到起居室，打算把女佣备好放在那里的和服给他换上。

"不麻烦你，对不起，我换衣服了。"

菊治只脱下上衣，像要甩开近子似的走进藏衣室，在藏衣室里换好衣服出来了。

近子依然坐在那里，说：

"独身者，好佩服哟。"

"噢。"

"这种不方便的生活，还是适可而止，结束算了。"

"看见老爸吃过苦头，我以他为戒呢。"

近子望了望菊治。

近子穿着从女佣那儿借来的烹饪服。这本来是菊治母亲的。近子把袖子卷了上去。

从手腕到袖子深处，白皙得不协调，胖乎乎，胳膊肘内侧突起扭曲的青筋，像块又硬又厚的肉，菊治蓦地感到很意外。

"还是请她进茶室好吧。小姐已在客厅里坐着了。"

近子有点故作庄重地说。

"哦,茶室里装上电灯了吗?点上灯,我还没见过呢。"

"要不点上蜡烛,反而更有情趣。"

"我可不喜欢。"

近子像忽然想起来似的说:

"对了,刚才我打电话邀请稻村小姐来的时候,她问是与家母一起去吗,我说,如能一起光临更好。可是,她母亲有别的事,最后决定小姐一个人来。"

"什么最后决定,恐怕是你擅自做主的吧。突然请人家来,恐怕人家会觉得你相当失礼呢。"

"我知道,不过小姐已经到了。她肯来,我的失礼就自然不存在了,不是吗?"

"为什么?"

"本来就是嘛。今天小姐既然来了,就表明她对上次的事还是有意思的吧。就算步骤有点古怪也没关系呀。事情办成后,你们俩就笑我栗本是个办事古怪的女人好了。根据我的经验,能办成的事,不管怎样终究会办成的。"

近子那不屑一顾的口气,就像看透了菊治的心思。

"你已经跟对方说过了?"

"是的,说过了。"

近子似乎在说，请你明确态度吧。

菊治站起身来，经过走廊向客厅走去。到了那棵大石榴树近处，他试图努力改变一下神色。不应该让稻村小姐看到自己满脸的不高兴。

菊治望着阴暗的石榴树影，近子的那块痣又在脑海里浮现出来。他摇了摇头。客厅前面的庭石上还残留着夕阳的余晖。

客厅的拉门敞开着，小姐坐在靠近门口处。

小姐的光彩仿佛朦胧地照到宽敞的客厅昏暗的深处。

壁龛上的水盘里插着菖蒲。

小姐系的也是缀有菖兰花样的腰带。可能是偶然，不过它洋溢着季节感，这种表现也许就不是偶然了。

壁龛里插的花不是菖兰而是菖蒲，所以叶子和花都插得较高。从插花的风格来看，就知道这是近子刚插上的。

二

翌日星期天,是个雨天。

午后,菊治独自进入茶室,收拾昨日用过的茶具。

也是因为眷恋稻村小姐的余香。

菊治让女佣送雨伞来,他刚从客厅走下庭院,踏在踏脚石上,只见屋檐下的架水槽有的地方破了,雨水哗哗地落在石榴树前。

"那儿该修了。"

菊治对女佣说。

"是啊。"

菊治想起来了。自己老早就惦记过这件事,每当雨夜,上床后就听见那滴水声。

"但是,一旦维修,这里要修那里也要修,就没完没了啦。倒不如趁不很厉害的时候,把它卖掉好。"

"最近拥有大宅院的人家都这么说。昨天,小姐也惊讶地说,这宅邸真大。看样子小姐会住进这宅邸吧。"

女佣想说:不要卖掉。

"栗本师傅是不是说了这类话?"

"是的,小姐一来,师傅就带她参观宅内各个地方。"

"哦?!这种人真少见。"

昨天，小姐没有对菊治谈过这件事。

菊治以为小姐只是从客厅走进茶室，所以今天自己不知怎的，也想从客厅到茶室走走。

菊治昨夜通宵未能成眠。

他觉得茶室里仿佛还飘忽着小姐的芳香，半夜里还想起床进茶室。

"她永远是另一个世界的人啊！"

为了使自己成眠，他不禁把稻村小姐想成这样的人。

这位小姐竟在近子的引领下四处看了看。菊治对此感到十分意外。

菊治吩咐女佣往茶室里送炭火，而后顺着踏脚石走去。

昨晚，近子要回北镰仓，所以与稻村小姐一起离开了。茶后的拾掇，交给女佣去完成。

菊治只要将摆在茶室一角的茶具收拾起来就行了，可是他不太清楚原来放在什么地方。

"栗本比我更清楚啊。"

菊治喃喃自语，观赏起挂在壁龛里的歌仙画来。

这是法桥宗达[1]的一幅小品，在轻墨线上添上了淡彩。

---

[1] 法桥宗达，江户初期的画家，擅长水墨画。

"画的是谁呢？"

昨天，稻村小姐问过，菊治没有答上来。

"这个嘛，是谁呢？没有题歌，我也不知道。这类画画的是歌人的模样，差不多都一样。"

"可能是宗于[1]吧。"近子插嘴说，"和歌说的是，常磐松翠绿，春天色更鲜。论季节稍嫌晚了些，不过令尊很喜欢，春天里常把它挂出来。"

"难说，究竟画的是宗于呢，还是贯之[2]，仅凭画面是难以辨别出来的。"

菊治又说了一句。

今天再看，这落落大方的面容，究竟是谁，简直辨别不出来。

不过，在勾勒几笔的小画里，却令人感到伟大的形象。这样欣赏了一会儿，仿佛有股清香散发出来。

菊治从这歌仙画和昨日客厅里的菖蒲，都可以联想到稻村小姐。

"我在烧水，想让水多烧开一会儿，送来晚了。"

女佣说着送来了炭火和烧水锅。

茶室潮湿，菊治只想要火，没打算要烧水。

---

1 源宗于，平安时代三十六歌仙之一。
2 纪贯之，平安时代三十六歌仙之一。

但是,女佣一听到菊治说要火,机灵地连开水也准备好了。

菊治漫不经心地添了些炭,并把烧水锅坐了上去。

他从孩提起就跟随父亲,熟悉茶道的规矩,却没有兴趣自己来点茶。父亲也没有引导他学习茶道。

现在,水烧开了,菊治只是把烧水锅盖错开,呆呆地坐在那里。

茶室里还有股霉味,榻榻米也是潮乎乎的。

颜色古雅的墙壁,昨天反而衬出了稻村小姐的姿影,今天则变得幽暗了。

因为这种氛围犹如人住洋房却身穿和服一样。

"栗本突然邀请你来,可能使你感到为难了。在茶室里接待你,也是栗本擅自做的主。"

昨天,菊治对小姐这样说。

"师傅告诉我说,历年的今天都是令尊举办茶会的日子。"

"据说是的。不过这种事我全忘了,也没想过。"

"在这样的日子里,把我这个外行人叫来,这不是师傅挖苦人吗?因为最近我也很少去学习。"

"连栗本也是今早才想起来,便匆匆打扫了茶室。所以,还有股霉味吧。"

菊治含混不清地说:

"不过,同样会相识的,如果不是栗本介绍就好了,我觉得对稻村小姐很过意不去。"

小姐觉得有点蹊跷似的望了望菊治。

"为什么呢?如果没有师傅,就没有人给我们引见了嘛。"

这着实是简单的抗议,不过也确是真实的。

的确,如果没有近子,也许两人在这人世间就不会相见。

菊治仿佛挨了迎面射过来的、像鞭子般的闪光抽打似的。

小姐的语气听起来像是同意这桩与菊治的婚事了。他有这种感觉。

小姐那种似觉蹊跷的目光,也是促使菊治感觉到那种闪光的原因。

但是,菊治直呼近子为栗本,小姐听起来会有什么感觉呢?尽管时间短暂,可是近子毕竟是菊治父亲的女人。这点,小姐是不是已经知道了呢?

"在我的记忆里,栗本也留下了令人讨厌的地方。"菊治的声音有点颤抖,"我不愿意让她接触我的命运问题。我简直难以相信,稻村小姐怎么会是她介绍的。"

话刚说到这里,近子把自己的食案也端了出来。谈话中断了。

"我也来作陪。"

近子说罢跪坐下来,稍许弯着背,仿佛要镇定一下刚干完活的喘息,就势察看了小姐的神色。

"只有一位客人,显得有点冷清。不过,令尊定会高兴的吧。"

小姐垂下眼帘,老实地说:

"我,没有资格进令尊的茶室呀。"

近子当作没听见这句话,只顾接着把自己想到的和盘托出,诸如菊治的父亲生前是如何使用这间茶室的,等等。

看样子近子断定这门亲事谈成了。

临走时,近子在门口说:

"菊治少爷也该回访稻村府上……下次就该商谈日子了。"

小姐点了点头,像是要说些什么,却没有说出口,蓦地现出一副本能的羞怯姿态。

菊治始料未及。他仿佛感到了小姐的体温。

然而,菊治不由得感觉自己像被裹在一层阴暗而丑恶的帷幕里似的。即使到了今天,这层帷幕也没能打开。

不仅是给菊治介绍稻村小姐的近子不纯洁,菊治自身体内也不干净。

菊治不时胡思乱想,想到父亲用龌龊的牙齿咬住近子胸脯上的那块痣……父亲的形象与自己也联系在一起了。

小姐对近子并不介意,可是菊治对近子却耿耿于怀。菊治怯懦、优柔寡断,虽说不完全是出于这个缘故,但也是原因之一吧。

菊治装出嫌恶近子的样子,让人看来觉得他与稻村小姐的亲事是近子强加于他的。再说，近子就是这样一个可以很方便地受人利用的女人。

菊治觉得这点伪装可能已被小姐看穿，于是犹如当头挨了一棒。这时，菊治才发现这样一个自己，不禁愕然。

用过膳后，近子站起身去泡茶的时候，菊治又说：

"如果说栗本在操纵我们的命运，那么在对这种命运的看法上，稻村小姐与我相距很远。"

这话里有某种辩解的味道。

父亲辞世后，菊治不喜欢母亲一个人进入茶室。

现在，菊治还是认为如果父亲、母亲或自己单独在茶室里，会各想各自的事。

雨点敲打着树叶。

在这声响中传来雨点敲打雨伞的声音，越来越近。女佣在拉门外说：

"太田女士来了。"

"太田女士？是小姐吗？"

"是夫人。好像有病，人很憔悴……"

菊治顿时站起身来，却又伫立不动。

"请夫人上哪间？"

"请到这里就行。"

"是。"

太田遗孀连雨伞也没打就过来了。可能是将雨伞放在大门口了吧。

菊治以为她的脸是被雨水濡湿,原来却是泪珠。

因为从眼眶里不断地涌流到脸颊上,他这才知道是眼泪。

开始菊治太粗心,竟然以为是雨水。

"啊!你怎么啦?"

菊治呼喊似的说了一声,就迎了过去。

夫人坐到外廊上,双手拄地。眼看着就要瘫倒在菊治身上。

外廊附近全被雨水打湿了。

夫人依然热泪潸潸,菊治竟又以为是雨滴。

夫人的视线没有离开过菊治,仿佛这样才能支撑住不倒下去。菊治也感到假如避开这视线,定会发生某种危险。

夫人眼窝凹陷,布上了小皱纹,眼圈发黑,并且奇妙地成了病态性的双眼皮,那双噙着晶莹泪珠的眼睛,露出了苦闷的倾诉的神色,蕴涵着无以名状的柔情。

"对不起,很想见你,实在是按捺不住了。"夫人亲切地说。

她的姿影也是脉脉含情的。

夫人憔悴不堪。假如她没有这份柔情,菊治仿佛就无法正视她。

菊治为夫人的苦痛,心如刀绞。虽然他明知夫人的苦痛是因为自己,但是他却有一种错觉,在夫人这份柔情的影响下,自己的痛苦仿佛也和缓了下来。

"会被淋湿的,请快上来。"

菊治突然从夫人的背后深深地搂住她的胸部,几乎是把她拖着上来的。这动作显得有些粗暴。

夫人试图使自己站稳,说:

"放开我,请放开我。很轻吧。"

"是啊。"

"很轻,近来瘦了。"

菊治对自己冷不防地把夫人抱了起来,有些震惊。

"小姐会担心的,不是吗?"

"文子?"

听夫人这种叫法,菊治还以为文子也来了。

"小姐也一起来的吗?"

"我瞒着她……"夫人哽咽着说,"这孩子总盯着我不放,就是在半夜里,只要我有什么动静,她立即醒过来。由于我,这孩子也变得有些古怪了。有时她会问,妈妈为什么只生我一个呢?甚至说出这种可怕的话:哪怕生三谷先生的孩子,不也很好吗?"

夫人说着,端正了坐姿。

可能这是文子不忍心看到母亲的忧伤而发出的悲鸣。

尽管如此,文子说的"哪怕生三谷先生的孩子,不也很好吗"这句话刺痛了菊治。

"今天,说不定她也会追到这里来。我是趁她不在家溜出来的……天下雨,她可能认为我不会外出吧。"

"怎么,下雨天就……"

"是的,她可能以为我体弱,下雨天外出走不动吧。"

菊治只是点了点头。

"前些天,文子也到这里来过吧?"

"来过。小姐说,请原谅家母吧。害得我无从回答。"

"我完全明白这孩子的心思,可我为什么又来了呢?啊!太可怕了。"

"不过,我很感谢你呢。"

"谢谢。仅那次,我就该知足了。可是……后来我很内疚,真对不起。"

"可是,你理应没什么可顾虑的。如果说有,那就是家父的亡灵吧。"

然而,夫人的脸色不为菊治的话所动。菊治仿佛没抓住什么。

"让我们把这些事都忘了吧。"夫人说,"不知怎的,我对栗本师傅的电话竟那么恼火,真不好意思。"

"栗本给你打电话了?"

"是的,今天早晨,她说你与稻村小姐的事已经定下来了……她为什么要通知我呢？"

太田夫人再次噙着眼泪，却又意外地微笑了。那不是破涕为笑，着实是天真的微笑。

"事情并没有定下来。"菊治否认说，"你是不是让栗本觉察出我的事了呢？那次之后，你与栗本见过面吗？"

"没见过面。不过，她很可怕，也许已经知道了。今天早晨打电话的时候，她肯定觉得奇怪。我真没用啊，差点晕倒，好像还喊了些什么。尽管是在电话里，可是对方肯定会听出来。因为她说，'夫人，请你不要干扰'。"

菊治紧锁双眉，顿时说不出话来。

"说我干扰，这种……关于你与雪子小姐的事，我只觉得自己不好。从清早起我就觉得栗本师傅太可怕了，令人毛骨悚然，我在家里实在待不住了。"

夫人说着像中了邪似的，肩膀颤抖不已，嘴唇向一边歪斜，仿佛吊了上去，显出一副老龄人的丑态。

菊治站起身走过去，伸出手像要按住夫人的肩膀。

夫人抓住他的这只手，说：

"害怕，我害怕呀！"

夫人环顾了一下四周，怯生生的，突然有气无力地说：

"这间茶室？"

菊治不是很明白她这句话是什么意思，暧昧地答道：

"是的。"

"是间好茶室啊！"

不知夫人是想起已故丈夫不时受到邀请的事呢，还是忆起菊治的父亲了。

"是初次吗？"菊治问。

"是的。"

"你在看什么呢？"

"不，没看什么。"

"这是宗达的歌仙画。"

夫人点了点头，就势垂下头来。

"你以前没到过寒舍吗？"

"哎，一次也没来过。"

"是吗？"

"不，只来过一次，令尊遗体告别仪式……"

说到这里，夫人的话声隐没了。

"水开了，喝点茶好吗？可以解除疲劳，我也想喝。"

"好，可以吗？"

夫人刚要站起，就打了个趔趄。

菊治从摆在一角上的箱子里，把茶碗等茶具取了出来。他意识到这些茶具都是稻村小姐昨天用过的,但他还是照样取了出来。

夫人想取下烧水锅的盖子,可是手不停地哆嗦,锅盖碰到锅上,发出了小小的响声。

夫人手持茶勺,胸略前倾,泪水濡湿了锅边。

"这只烧水锅,也是我请令尊买下来的。"

"是吗?我都不了解。"菊治说。

即使夫人说这原先是她已故丈夫的烧水锅,菊治也没有反感。他对夫人这种直率的谈吐,也不感到奇怪。

夫人点完茶后说:

"我端不了,请你过来好吗?"

菊治走到烧水锅旁,就在这里喝茶。

夫人好像昏过去似的,倒在菊治的膝上。

菊治搂住夫人的肩膀,她的脊背微微地颤了颤,呼吸似乎越发微弱了。

菊治的胳膊像抱着一个婴儿,夫人太柔弱了。

三

"太太！"

菊治使劲摇晃着夫人。

他双手揪住她咽喉连胸骨处，像勒住她的脖颈似的。这才发现她的胸骨比上次看到的更加突出。

"对太太来说，家父和我，你辨别得出来吗？"

"你好残酷啊！不要嘛。"

夫人依然闭着眼睛娇媚地说。

夫人似乎不愿意马上从另一个世界回到现实中来。

菊治的提问，与其说是冲着夫人，毋宁说是冲着自己心底的不安。

菊治又乖乖地被诱入另一个世界。这只能认为是另一个世界。在那里，似乎没有什么菊治的父亲与菊治的区别，那种不安甚至是后来才萌生的。

夫人仿佛并非人世间的女子。甚至令人以为她是人类以前的或是人类最后的女子。

夫人一旦走进另一个世界，就令人怀疑她是不是分辨不出亡夫、菊治的父亲和菊治之间的区别了。

"你一旦想起父亲，就把父亲和我看成一个人了，是不是？"

"请原谅,啊!太可怕了,我是个罪孽多么深重的女人啊!"

夫人的眼角涌出成串的眼泪。

"啊!我想死,真想死啊!如果此刻能死,该多么幸福啊!刚才菊治少爷不是要卡我的脖子吗?为什么又不卡了呢?"

"别开玩笑了。不过,你这么一说,我倒想卡一下试试呢。"

"哦,那就谢谢啦。"

夫人说着把稍长的脖颈伸得更长了。

"现在瘦了,好卡。"

"恐怕不忍心留下小姐去死吧。"

"不,照这样下去,终归也会累死的。文子的事就拜托菊治少爷了。"

"你是说小姐和你一样吧。"

夫人放心地睁开了眼睛。

菊治为自己的话大吃一惊。简直是意想不到的话。不知夫人是怎样理解的。

"瞧!脉搏这么乱……活不长了。"

夫人说着握住菊治的手,按在乳房下。

也许菊治的话使她震惊才心脏悸动的吧。

"菊治少爷多大了?"

菊治没有回答。

"不到三十吧？真糟糕，实在是个可悲的女人！我确实不知道。"

夫人支起一只胳膊，斜斜地坐着，弯曲着双腿。

菊治坐好了。

"我呀，不是为玷污菊治少爷与雪子小姐的婚事才来的。不过，已经无法挽回了。"

"我并没有决定要结婚。既然你那么说，我觉得这是你替我把我的过去洗刷干净了。"

"是吗？"

"就说当媒人的栗本吧，她是家父的女人。那女人要扩散过去的孽债。你是家父最后的女人，我觉得家父也很幸福。"

"你还是与雪子小姐早点结婚吧。"

"这是我的自由。"

夫人顿觉眼前一片模糊，她望着菊治，脸颊发青，扶着额头。

"我觉得头晕眼花。"

夫人说她无论如何也要回家去，菊治就叫了车子，自己也坐了上去。

夫人闭着双眼，靠在车厢的一角。她那无依无靠的不安姿态，看来似乎有生命危险。菊治没有进夫人的家。下车时，夫人从菊治的掌心里抽出冰凉的手指，她的身影一溜烟似的消失了。

深夜两点左右，文子打来了电话。

"三谷少爷吗?家母刚才……"

话说到这儿就中断了,但接着很清楚地说:

"辞世了。"

"啊?令堂怎么了?"

"过世。是心脏麻痹致死的。近来她服了很多安眠药。"

菊治沉默不语。

"所以……我想拜托三谷少爷一件事。"

"说吧。"

"如果三谷少爷有相熟的大夫,可能的话,请您陪他来一趟好吗?"

"大夫?是大夫吗?很急吧?"

菊治大吃一惊,还没请大夫吗?忽地明白过来了。

夫人自杀了。为了掩饰此事,文子才拜托他的。

"我知道了。"

"拜托您了。"

文子肯定经过深思熟虑,才给菊治打来电话的,所以她才用郑重其事的口吻,只讲了要办的事。

菊治坐在电话机旁,闭上了双眼。

在北镰仓的旅馆里与太田遗孀共度一宿,归途中在电车上看到的夕阳,忽然浮现在菊治的脑海里。

那是池上本门寺森林的夕阳。

通红的夕阳,恍如从森林的树梢掠过。森林在晚霞的映衬下,浮现出一片黢黑。

掠过树梢的夕阳,也刺痛了疲惫的眼睛,菊治闭上了双眼。

这时,菊治蓦地觉得稻村小姐包袱皮上的千只鹤,就在眼睛里残存的晚霞中飞舞。

志野彩陶

一

菊治去太田家，是在给太田夫人做过头七的翌日。

他本打算提前下班，因为等公司下班后再去就到傍晚了。可是他刚要走，又踌躇不决，心神不定，直到天已擦黑都未能成行。

文子来到大门口。

"呀！"

文子双手扶地施礼，就势抬头望了望菊治。她的双手像是支撑着她那颤抖的肩膀。

"感谢您昨天送来的鲜花。"

"不客气。"

"我以为您送了花，就不会来了。"

"是吗？也有先送花，人后到的嘛。"

"不过，这我没想到。"

"昨天，我也来到附近的花铺了……"

文子坦诚地点了点头说：

"虽然花束上没有写您的名字，可是我当时就立刻知道了。"

菊治想起昨天自己站在花铺内的花丛中,思念着太田夫人的情景;想起花香忽然缓解了他惧怕罪孽的心绪。

现在文子又温柔地迎接菊治。

文子身着白地棉布服装。没有施脂粉。只在有些干涸的嘴唇上淡淡地抹了点口红。

"我觉得昨天还是不来的好。"菊治说。

文子把膝盖斜斜地挪动了一下,示意菊治:请上来吧。

文子在门口寒暄,似乎是为了不哭出来。不过,她再接着说下去,说不定就会哭泣了。

"只收到您的花,都不知道有多么高兴了。就说昨天,您也可以来嘛。"

文子在菊治的背后站起身,跟着走过来说。

菊治竭力装作轻松的样子说:

"我顾虑会让府上的亲戚印象不好,就没去了。"

"我已经不考虑这些了。"文子明确地说。

客厅里,骨灰坛前立着太田夫人的遗像。

坛前只供奉着菊治昨天送来的花。

菊治感到意外。只留下自己送的花,文子是不是把别人送的花都处理掉了?

不过,菊治又有这种感觉:也许这是个冷冷清清的头七。

"这是水罐子吧。"

文子明白菊治说的是花瓶的事。

"是的。我觉得正合适。"

"好像是件很好的志野陶。"

做水罐用,有点小了。

插的花是白玫瑰和浅色石竹花,不过,花束与筒状的水罐很是相称。

"家母也经常插花,所以没把它卖掉,留下来了。"

菊治跪坐在骨灰坛前进了香,双手合十,闭上了眼睛。

他向死者谢罪。然而,感谢夫人的爱这种情思流遍体内,仿佛还受到它的娇纵。

夫人是被罪恶感逼得走投无路才自杀的,还是被爱穷追而无法控制才寻死的?使夫人寻短见的究竟是爱还是罪?菊治思考了一周,仍然不得其解。

眼下在夫人灵前瞑目,脑海里虽然没有浮现出夫人的肢体,但是夫人那芳香醉人的触感,却使菊治沉湎在温馨之中。说也奇怪,菊治之所以没感到不自然,也是夫人的缘故。虽说是触感复苏了,但那不是雕刻式的感觉,而是音乐式的感觉。

夫人辞世后,菊治夜难成眠,在酒里加了安眠药。尽管如此,还是容易惊醒,梦很多。

但不是受噩梦的威胁,而是梦醒之际,不时涌上一种甘美的陶醉感。醒过来后,菊治也是精神恍惚的。

菊治觉得奇怪,一个死去的人,竟让人甚至在梦中都能感觉到她的拥抱。以菊治肤浅的经验来看,实在无法想象。

"我是个罪孽多么深重的女人啊!"

记得夫人与菊治在北镰仓的旅馆里共宿的时候,以及来菊治家走进茶室的时候,都曾说过这样一句话。正像这句话反而引起夫人愉快的战栗和抽泣那样,现在菊治坐在夫人灵前思索着促使她寻死的事,一旦说这是罪,夫人谈及罪孽的这句话就会重新旋荡在耳际。

菊治睁开了眼睛。

文子坐在菊治背后抽噎。她偶尔哭出一声,又强忍了回去。

菊治这时不便动,问道:

"这是什么时候拍的照片?"

"五六年前拍的,是小照片放大的。"

"哦,是点茶时拍的吧?"

"哟,您很清楚嘛。"

这是一张把脸部放大了的照片。衣领合拢处以下被剪掉了,两边肩膀也剪去了。

"您怎么知道是点茶时拍的呢?"文子说。

"是凭感觉嘛。眼帘略下垂,那表情像是在做什么事。虽说看不见肩膀,但也能看得出来她的身体在用力。"

"有点侧脸,我犹疑过用不用这张,但这是母亲喜欢的照片。"

"很文静,是一张好照片。"

"不过,脸有点侧还是不太好。人家进香的时候,她都没看着进香者。"

"哦?这也在理。"

"脸扭向一边,还低着头。"

"是啊。"

菊治想起夫人辞世前一天点茶的情景。

夫人拿着茶勺潸然泪下,弄湿了烧水锅边。是菊治走过去端茶碗的。直到喝完茶,锅边上的泪水才干。菊治刚一放下茶碗,夫人就倒在他的膝上了。

"拍这张照片的时候,家母稍胖了些。"文子说,而后又含混不清地说,"再说,这张照片里的母亲和我太像了,供在这里,怎么说呢,总觉得难为情。"

菊治突然回过头来看了看。

文子垂下眼帘。这双眼睛刚才一直在凝望着菊治的背影。

菊治不得不离开灵前,与文子相对坐了下来。

然而,他还有道歉的话对文子说吗?

幸亏供花的花瓶是志野陶的水罐。菊治在它前面将双手轻轻地支在榻榻米上，仿佛欣赏茶具似的凝望着它。

只见它白釉里隐约透出红色，显得冷峻而温馨，罐身润泽，菊治伸手去抚摩它。

"柔和，似梦一般，我们也很喜欢志野的精品陶器。"

他本想说柔和的女人似梦一般，不过出口时省略了"女人"二字。

"您要是喜欢，就当作家母的纪念物送给您。"

"不，不。"

菊治赶紧抬起头来。

"如果您喜欢，请拿走吧。家母也会高兴的。这东西似乎不错。"

"当然是件好东西。"

"我也曾听家母这样说过，所以就把您送来的花插在里面。"

菊治情不自禁，热泪盈眶。

"那么，我收下了。"

"家母也一定会高兴的。"

"不过，我可能不会把它当作水罐而当作花瓶用呢。"

"家母也用它插过花，您尽管用好了。"

"就是插花，也不是插茶道的花。茶道用具离开茶道，那就太凄寂了。"

"我不想再学茶道了。"

菊治回过头去看了看，就势站起身来。他把壁龛旁边的坐垫挪到靠近廊道这边，坐了下来。

文子一直在菊治的后面，一动不动地与他保持一定的距离，跪坐在榻榻米上，没有用坐垫。

因为菊治挪动了位置，结果留下了文子坐在客厅的正中央。

文子手指微微弯曲放在膝上，眼看就要发抖，她把双手握在了一起。

"三谷少爷，请您原谅家母。"

文子说着深深地低下头来。

她深深低头的刹那间，菊治吓了一跳，以为她的身体就要倒下来。

"哪儿的话，请求原谅的应该是我。我觉得，'请原谅'这句话我都难以启齿。更无法表示道歉，只觉得愧对文子小姐，实在不好意思来见你。"

"该惭愧的是我们啊！"

文子露出了羞耻的神色。

"简直羞死人了。"

从她那没有施粉黛的双颊到白皙的长脖颈，微微地绯红了。文子因为操心，人都消瘦了。

这淡淡的血色，反而令人感到文子的贫血。

菊治很难过地说：

"我想，令堂不知多么恨我。"

"恨？家母会恨三谷少爷吗？"

"不，可是，难道不是我促使她死的吗？"

"我认为家母是自己寻死的。家母辞世后，我独自思考了整整一周。"

"从那以后你就一个人住在家里吗？"

"是的，家母与我一直是这样生活过来的。"

"是我促使令堂死的啊！"

"是她自己寻死的。如果三谷少爷说是您促使她死的，那么不如说是我促使家母死的。假使说因为母亲死了，非要怨恨谁的话，那就只能怨恨我自己。让别人感到有责任，或感到后悔，那么家母的死就变成阴暗的、不纯的了。我觉得，给后人留下反省和后悔，将会成为死者的沉重负担。"

"也许的确是这样，不过，假使我没有与令堂邂逅……"

菊治说不下去了。

"我觉得，只要您原谅死者，这就够了。也许家母是为了求得您的原谅才死的。您能原谅家母吗？"

文子说着站起身来走了。

文子的这番话，使菊治觉得在脑海里卸下一层帷幕。

他寻思：真能减轻死者的负担吗？

因死者而忧愁，难道就像诅咒死者一般，会多犯愚蠢的错误吗？死了的人是不会强迫活着的人接受道德审判的。

菊治又把视线投向夫人的照片。

二

文子端着茶盘走了进来。

茶盘里放着两只筒状茶碗,一只赤乐与一只黑乐[1]。

她把黑乐茶碗放在菊治面前。

沏的是粗茶。

菊治端起茶碗,瞧了瞧茶碗底部的印记,冒失地问道:

"是谁的呢?"

"我想是了入[2]的。"

"赤色的也是吗?"

"是的。"

"是一对吧。"

菊治说着,看了看赤茶碗。

这只赤茶碗,一直放在文子的膝前,没有碰过。

这筒状茶碗用来喝茶正合适,可是,菊治脑海里忽然浮现一种令人讨厌的想象。

文子的父亲过世后,菊治的父亲还健在的时候,菊治的父亲到文

---

1 乐氏烧制的赤釉、黑釉两种陶茶碗,相传是长次郎于天正年间所创,由丰臣秀吉赐乐氏印,传至今日。
2 了入(1756—1834),乐氏家第九代吉左卫门的称号。

子母亲这儿来时,这对乐茶碗代替一般茶杯使用过吧。菊治的父亲用黑乐,文子的母亲则用赤乐,这不就是做夫妻茶碗用的吗?

如果是了人陶,就不用那么珍惜了,也许还成了他们两人旅行用的茶碗呢。

若果真如此,现在明知此情的文子还为菊治端出这只茶碗来,未免太恶作剧了。

但是,菊治并不觉得这是有意的挖苦,或有什么企图。他理解为这是少女单纯的感伤。

菊治也感染上这种感伤了。

也许文子和菊治都被文子母亲的死纠缠住,无法背逆这种异样的感伤。然而,这对乐茶碗加深了菊治与文子共同的悲伤。

菊治的父亲与文子的母亲之间,母亲与菊治之间,以及母亲的死,这一切文子都一清二楚。

也只有他们两人同谋掩盖文子母亲自杀的事。

看样子文子沏粗茶的时候哭过,眼睛微微发红。

"我觉得今天来对了。"菊治说,"我理解文子小姐刚才的话,意思是说死者与活着的人之间,已经不存在什么原谅或不原谅的事了。这样,我得重新改变看法,认为已经得到令堂的原谅了,对吗?"

文子点点头。

"不然,家母也得不到您的原谅了。尽管家母可能不原谅她自己。"

"但是，我到这里来，与你这样相对而坐，也许是件可怕的事。"

"为什么呢？"文子说着，望了望菊治，"您是说她不该死是吗？家母死的时候，我也很懊丧，觉得家母不论受到多大的误解，死也不能成为她辩解的理由。因为死是拒绝一切理解的，谁都无从原谅她啊！"

菊治沉默不语，他思忖，原来文子也曾探索过死的秘密。

菊治没想到会从文子那里听到"死是拒绝一切理解的"。

眼前，菊治实际所理解的夫人与文子所理解的母亲，可能是大不相同的。

文子无法理解作为一个女人的母亲。

不论是原谅人，或是被人原谅，菊治都荡漾在女体的梦境般的波浪中。

这一对黑与赤的乐茶碗，仿佛也能勾起菊治如梦如痴的心绪来。

文子就不理解这样的母亲。

从母体内生出来的孩子，却不懂得母体，这似乎很微妙。然而，母亲的体态却微妙地遗传给了女儿。

从文子在门口迎接菊治的时候起，他就感受到一股柔情，恐怕也有这种因素在内，那就是他在文子那张典雅的脸上，看到了她母亲的面影。

如果说夫人在菊治身上看到了他父亲的面影才犯了错误，那么菊治觉得文子酷似她母亲，这就像用咒语把人束缚住的、令人战栗的东西。不过,菊治却又心甘情愿地接受这种诱惑。

只要看一看文子那干涸而小巧的、微带反咬合的嘴唇,菊治就觉得无法与她争辩了。

怎么做才能使这位小姐显示一下反抗呢?

菊治闪过这样的念头。

"令堂太善良了,以致活不下去啊。"菊治说,"然而,我对令堂太残酷了。有时难免以这种形式把自己道德上的不安推给了令堂。因为我是个胆怯而懦弱的人……"

"是家母不好。家母太糟糕了。不论是与令尊,还是三谷少爷的事。尽管我并不认为这都是家母的性格问题。"

文子欲言又止,脸上飞起一片红潮,血色比刚才好多了。

她稍微转过脸去,低下头来,仿佛要避开菊治的视线。

"不过,家母过世后,从第二天起我逐渐觉得她美了。这不是我的想象,可能是家母自己变得美了吧。"

"对死去的人来说,恐怕都一样吧。"

"也许家母是忍受不了自己的丑恶才死的……"

"我认为不是这样的。"

"加上,她苦闷得忍受不了。"

文子噙着眼泪。她大概是想说出母亲对菊治的爱情。

"死去的人犹如已永存在我们心中的东西,珍惜吧。"菊治说。

"不过,他们都死得太早了。"

看来文子也明白,菊治的意思是指他与文子二人的双亲。

"你和我也都是独生子。"菊治接着说。

这句话引起他的联想:假如太田夫人没有文子这个女儿,也许他与夫人的事,会使他锁在更阴暗、更扭曲的思绪里。

"听令堂说,文子你对家父也很亲切。"

菊治终于把这句话和盘托出。本来是打算顺其自然,有机会再说的。

他觉得不妨对文子说说父亲把太田夫人当作情人而经常到这家里来的事。

但是,文子突然双手扶着榻榻米施礼说:

"请原谅。家母实在太可怜了……从那时候起,她随时都准备死了。"

文子说着就势趴在榻榻米上,纹丝不动,不一会儿就哭了起来,肩膀也松弛无力了。

菊治突然造访,文子没顾得上穿袜子。她把双脚心藏在腰后,姿态确实像蜷缩着身子。

她那散乱在榻榻米上的头发几乎碰上那只赤乐筒状茶碗。

文子双手捂着泪潸潸的脸,走了出去。

良久,还不见她出来。菊治说:

"今天就此告辞了。"

菊治走到门口。文子抱着一个用包袱皮包裹的小包走了过来。

"给您增加负担了。这个,请您带走吧。"

"啊?"

"志野罐。"

文子把鲜花拿出来,把水倒掉,揩拭干净装入盒子里,包装好。操作的麻利使菊治十分惊讶。

"刚才还插着花,现在马上让我带走吗?"

"请拿着吧。"

菊治心想,文子悲伤之余,动作才那么神速吧。

"那我就收下了。"

"您带走就好,我就不拜访了。"

"为什么?"

文子没有回答。

"那么,请多保重。"

菊治刚要迈出门口,文子说:

"谢谢您。啊,家母的事请别介意,早些结婚吧。"

"你说什么?"

菊治回过头来,文子却没有抬头。

三

菊治把志野陶罐带回家后,依然插上白玫瑰和浅色石竹花。

菊治觉得,太田夫人辞世后,自己才开始爱上了她。他总是被这种心情困扰着。

而且,他感到自己这份爱,还是通过夫人的女儿文子的启示,才确实领悟过来的。

星期天,菊治试着给文子打了个电话。

"还是一个人在家吗?"

"是的。实在太寂寞了。"

"一个人住是不行的。"

"哎。"

"府上静悄悄的,一切动静在电话里也听得见哪。"

文子莞尔一笑。

"请位朋友来陪住,怎么样?"

"可是,我总觉得别人一来,家母的事就会被人家知道……"

菊治难以答话。

"一个人住,外出也不方便吧。"

"不会,把门锁上就出去嘛。"

"那么,什么时候请来一趟。"

"谢谢，过些日子吧。"

"身体怎么样？"

"瘦了。"

"睡眠好吗？"

"夜里基本上睡不着。"

"这可不好。"

"过些日子我也许会把这里处理掉，然后到朋友家租间房住。"

"过些日子，是指什么时候？"

"我想这里一卖出手就……"

"卖房子？"

"是的。"

"你打算卖吗？"

"是的。您不觉得卖掉更好吗？"

"难说。是啊，我也想把这幢房子卖掉。"

文子不言语。

"喂喂，这些事在电话里没法谈清楚，星期天我在家，你能来吗？"

"好。"

"你送的志野罐，我插了洋花，你若来，就请你把它当水罐用……"

"点茶？"

"说不上是点茶，不过，不把志野陶当水罐用一回，太可惜了。何况茶具还是需要同别的茶道器具配合起来使用，以求相互辉映，不然就显不出它真正的美来。"

"可是，今天我比上次见面的时候显得更加难看，我不去了。"

"没有别的客人来。"

"可是……"

"就这样吧。"

"再见！"

"多保重。好像有人来了。再见。"

来客原来是栗本近子。

菊治绷着脸，担心刚才的电话是不是被她听见了。

"连日阴郁，好不容易遇上个好天，我就来了。"

近子一边招呼，一边视线早已落在志野陶上了。

"马上就是夏天，茶道将会闲一阵，我想到府上茶室来坐坐……"

近子把随手带来的点心连同扇子拿了出来。

"茶室恐怕又有霉味了吧。"

"可能吧。"

"这是太田家的志野陶吧，让我看看。"

近子若无其事地说着，朝有花的那边膝行过去。

她双手扶席低下头来，骨骼粗大的双肩呈现出像怒吐恶语的形状。

"是买来的吗？"

"不，是送的。"

"送这个？收了件相当珍贵的礼物呀。是纪念物吧？"

近子抬起头，转过身来说：

"这么贵重的东西，还是买下来的好，不是吗？让小姐送，总觉得有点可怕。"

"好吧，让我再想想。"

"请这么办吧。太田家的各式各样的茶具都弄来了，不过，都是令尊买下来的。即使在照顾太田太太以后也……"

"这些事，我不想听你说。"

"好，好。"

近子说着突然轻松地站起身来。

传来了她在那边同女佣说话的声音。她套上烹饪服走了出来。

"太田太太是自杀吧。"近子突然袭击似的说。

"不是。"

"哦？我一听说就明白了。那个太太身上总飘忽着一股妖气。"

近子望了望菊治。

"令尊也曾说过，那个太太是个很难捉摸的女人。虽然以女人的眼光来看，又有所不同。怎么说呢，她这个人嘛，总是装出一副天真的样子。跟我们合不来。黏糊糊的……"

"希望你别说死人的坏话了。"

"话虽这么说，可是，死了的人不是连菊治少爷的婚事也来干扰了吗？就说令尊吧，也被那个太太折磨得够苦的。"

菊治心想，受苦的恐怕是你近子吧。

父亲与近子的关系，只是短暂的玩玩罢了。虽然不是由于太田夫人使近子怎么样，可是近子恨透了直至父亲过世前还跟父亲相好的太田夫人。

"像菊治少爷这样的年轻人，是不会懂得那个太太的。她死了反而更好吧。这是实话。"

菊治不加理睬，把脸转向一边。

"连菊治少爷的婚事，她都要干扰，这怎么受得了。她肯定觉得难为情，可又按捺不住自己的妖性才寻死的。像她这种人，大概以为死后还能见到令尊呢。"

菊治不禁打了个寒战。

近子走下庭院，说：

"我也要在茶室里镇定一下心神。"

菊治纹丝不动，久久地坐在那里赏花。

洁白和浅红的花色，与志野陶上的釉彩浑然一体，恍如一片朦胧的云雾。

　　他脑海里浮现出文子独自在家里哭倒的身影。

母亲的口红

一

菊治刷完牙回到卧室时,女佣已将牵牛花插在挂着的葫芦花瓶里。

"今天我该起来了。"

菊治虽然这么说,可是又钻进了被窝。

他仰卧着,在枕头上把脖子扭向一边,望着挂在壁龛一角上的花。

"有一朵已经绽开了。"

女佣说着退到贴邻的房间。

"今天还请假吗?"

"啊,再休息一天。不过我要起来的。"

菊治患感冒头痛,已经四五天没去公司上班了。

"在哪儿摘的牵牛花?"

"在庭院边上,它缠着茗荷,开了一朵花。"

大概是自然生长的吧。花是常见的蓝色,藤蔓纤细,花和叶都非常小。

不过，插在像涂着古色古香的黑红漆的葫芦里，绿叶和蓝色的花倒垂下来，给人一种清凉的感觉。

从父亲在世时，女佣就在这里干了，就一直干下来的，所以略懂得这种雅趣。

悬挂的花瓶上，可以看见黑红漆渐薄的花押，陈旧的盒子上也有"宗旦"的字样。假如这是件真品，那么它就是三百年前的葫芦了。

菊治不太懂得茶道的插花规矩，就是女佣也不是很有心得。不过，早晨点茶，缀以牵牛花，使人觉得也蛮合适。

菊治陷入沉思：将一朝就凋谢的牵牛花插在传世三百年的葫芦里……他不觉凝望了良久。

也许它比在同样是三百年前的志野陶的水罐里插满西洋花更相称吧。

然而，作为插花用的牵牛花能保持多长时间呢？

这又使菊治感到不安。

菊治对侍候他用早餐的女佣说：

"以为那牵牛花眼看着就会凋谢，其实也不是这样。"

"是吗？"

菊治想起来了，自己曾打算在文子送给他作纪念的她母亲的遗物志野水罐里，插上一枝牡丹。

菊治把水罐拿回家时，牡丹的季节已经过了。不过那时，说不定什么地方还会有牡丹花开吧。

"我都忘了家里还有那只葫芦什么的,多亏你把它找了出来。"

"是。"

"你是不是见过家父在葫芦里插牵牛花?"

"没有,牵牛花和葫芦都是蔓生植物,所以我想可能……"

"噢?蔓生植物……"

菊治笑了,有点沮丧。

他在看报时觉得头很沉重,就躺在饭厅里。

"睡铺还没有收拾吧。"他说。

话音刚落,正洗东西的女佣一边擦着湿手,一边赶忙走了进来,说:"我这就去拾掇。"

过后,菊治走进卧室一看,壁龛上的牵牛花没有了。葫芦花瓶也没有挂在壁龛上。

"嗯。"

可能是女佣不想让他看到快要凋谢的花。

菊治听到女佣说牵牛花和葫芦都是"蔓生植物"时,忍不住笑了出来,但话又说回来,父亲当年生活的那套规矩还保留在女佣这些举止上。

然而,志野水罐却依然摆在近壁龛的正中央的地方。

如果文子来看到了,心里无疑会想:太怠慢了。

文子赠送的这只水罐刚拿回来时，菊治立即插上了洁白的玫瑰花和浅色的石竹花。

因为文子在她母亲灵前就是这样做的。那白玫瑰和石竹花，就是文子为母亲做头七的当天，菊治供奉的花。

菊治抱着水罐回家途中，在昨日请人把花送到文子家的那家花铺里，买回了同样的花。

可是后来，哪怕只是摸摸水罐，心也是扑通扑通地跳，从此菊治就再也没有插花了。

有时在路上行走，菊治看见中年妇女的背影，会忽然被强烈地吸引住，待到意识过来的时候，不禁黯然，自言自语：

"简直是个罪人。"

清醒之后再看，那背影并不像太田夫人。

只是腰围略鼓起，像夫人而已。

刹那间，菊治感到一种令人颤抖的渴望，同时，陶醉与可怕的震惊重叠在一起，他仿佛从犯罪的瞬间清醒过来。

"是什么东西使我成为罪人的呢？"

菊治像要拂去什么似的说。可是，作为回应，他越发地想见夫人了。

菊治不时感到活生生地抚触到过世的人的肌肤。他想，如果不从这种幻觉中摆脱出来，自己就无法得救了。

有时他也这样想：也许这是道德的苛责，才使官能产生病态。

菊治把志野水罐收进盒子里，就钻进了被窝。

当他望着庭院的时候，雷响了。

雷声虽远，却很激烈，而且响声越来越近了。闪电开始掠过庭院的树木。

然而，傍晚的骤雨已经先来临。雷声远去了。

庭院泥土飞溅起来，雨势异常凶猛。

菊治起身给文子挂电话。

"太田小姐搬走了……"对方说。

"啊？"

菊治大吃一惊。

"对不起。那……"

菊治想，文子已经把房子卖了。

"您知道她搬到什么地方了吗？"

"哦，请稍等一下。"

对方似乎是女佣。

她立即又回到电话机旁，好像是在念字条，把地址告诉了菊治。据说房东姓"户崎"，也有电话。

菊治给那家打电话找文子。

文子用爽朗的声音说：

"让您久等了,我是文子。"

"文子小姐吗?我是三谷。我给你家打了电话。"

"很抱歉。"

文子压低了嗓门,声音颇似她母亲。

"什么时候搬的家?"

"啊,是……"

"怎么没有告诉我?"

"前些日子已将房子卖了,一直住在友人这里。"

"啊。"

"要不要把新址告诉您,我犹豫不定。开始没打算告诉您。后来决定还是不该告诉您。可是近来又后悔没有告诉您。"

"那当然。"

"哟,您也这么想吗?"

说着说着,菊治顿觉精神清爽,仿佛身心被洗涤过一样。透过电话,也有这种感觉吗?

"我一看到你送给我的那个志野水罐,就很想见你。"

"是吗?家里还有一件志野陶呢,是一只小的筒状茶碗。那时,我曾想过是不是连同水罐一起送给您,不过家母曾用它来喝茶,茶碗边上还透出母亲的口红的印迹,所以……"

"啊?"

"家母是这么说的。"

"令堂的口红会沾在陶器上不掉吗?"

"不是沾上不掉。那件志野陶本来就带点红色,家母说,口红一沾上茶碗边,揩也揩拭不掉。家母辞世后,我一看那茶碗边,有一处仿佛瞬间显得格外地红。"

文子这句话是无意中说出来的吗?

菊治不忍心听下去,把话题岔开,说:

"这边傍晚的骤雨很大,那边呢?"

"简直是倾盆大雨,雷声吓得我都缩成一团了。"

"这场雨过后,会凉爽些吧。我也休息了四五天,今天在家,如果你愿意,请来吧。"

"谢谢。我本打算待我找到工作之后再去拜访。我想出去做事。"

没等菊治回答,文子接着说:

"接到您的电话,我很高兴,这就去拜访。虽然我觉得不应该再去见您……"

菊治盼着骤雨过去,他让女佣把铺盖收起来。

自己居然打电话把文子请来,菊治颇感惊讶。

他更没有料到,他与太田夫人之间的罪孽阴影,竟由于听了她女儿的声音,反而消失得一干二净。

难道女儿的声音,会使人感到她母亲仿佛还活着吗?

菊治刮胡子时,把带着肥皂沫的胡子屑甩在庭院树木的叶子上,让雨滴濡湿它。

过了晌午,菊治满以为文子来了,到门口一看,却是栗本近子。

"哦,是你。"

"天气又热起来了,久疏问候,今天来看看你。"

"我身体有点不舒服。"

"得多加珍重呀,气色也不怎么好。"

近子蹙额,望着菊治。

菊治以为文子是一身洋装打扮,可传来的却是木屐声,自己怎么竟错以为是文子呢,真滑稽。菊治一边这样想,一边又说:

"修牙了吧。好像年轻多了。"

"趁梅雨天得闲就去……整得太白了些,不过很快就会变得自然了,没关系。"

近子走进菊治刚才躺着的客厅,望了望壁龛。

"什么都没摆设,清爽宜人吧。"菊治说。

"是啊,是梅雨天嘛。不过,哪怕摆点花……"

近子说着回转身来问道:

"太田家的那件志野陶,怎么样了?"

菊治不言语。

"还是把它退回去好吧?"

"这是我的自由。"

"那也不是呀。"

"至少不该受你指使吧。"

"那也不见得吧。"

近子露出满嘴洁白的假牙,边笑边说:

"今天我就是为征求你的意见才来的。"

话音刚落,她突然张开双手,好像在祛除什么似的。

"要把妖气从屋里都赶出去,不然……"

"你别吓唬人。"

"但是,作为媒人,我今天要提出一个要求。"

"如果还是稻村家小姐的事,难为你一番好意,我拒绝听。"

"哟,哟,不要因为讨厌我这个媒人,就把这门惬意的亲事也给推掉,这岂不是显得气量太小了吗?媒人搭桥,你只顾在桥上走就行,令尊当年就是无所顾忌地利用了我嘛。"

菊治露出厌烦的神色。

近子有个毛病,说得越起劲,肩膀就耸得越高。

"这是当然的,我与太田夫人不同。比较简单,就连这种事也毫不隐藏,一有机会就一吐为快,但遗憾的是,在令尊的外遇数字里,我也数不上啊。只是昙花一现……"

近子说着低下头来。

"不过,我一点儿也不怨恨他。后来一直处于这种状态:只要我对他有用,他就无所顾忌地利用我……男人嘛,使用有过关系的女人是很方便的。我也承蒙令尊的关照,学到丰富而健全的处世常识。"

"嗯。"

"所以,请你利用我健全的常识吧。"

菊治毫不拘泥地被她的这番话吸引了,他觉得这也有道理。

近子从腰带间将扇子抽了出来。

"人嘛,太男人气,或者太女人味儿,都是学不到这种健全的常识的。"

"是吗?这么说常识就是中性的啰。"

"这是挖苦人吗?但是,一旦变成中性的,就能清清楚楚地看透男人和女人的心理。你没想过吗,太田夫人是母女俩一起生活的,她怎么能够留下女儿而去死呢?据我看来,她可能有一种企图,是不是以为自己死后,菊治少爷会照顾她的女儿……"

"什么话?!"

"我仔细琢磨,恍然大悟,才解开了这个疑团。因为我总觉得太田夫人的死搅扰了菊治少爷这桩亲事。她的死非同一般,一定有什么问题。"

"太离奇了。这是你的胡思乱想。"

菊治一边这样说,一边却感到自己的胸口像是被近子这种离奇的胡想捅了一刀。

好像掠过一道闪电。

"菊治少爷把稻村小姐的事,告诉太田夫人了吧?"

菊治想起来了,却佯装不知。

"你给太田夫人打电话,不是说我的婚事已定了吗?"

"是,是我告诉她的。我对她说:请你不要搅扰。太田夫人就是那天晚上死的。"

沉默良久。

"但是,我给她打过电话,菊治少爷怎么知道的?是不是她哭着来了呢?"

菊治遭到了突然袭击。

"没错吧。她还在电话里'啊'地喊了一声呢。"

"这么说来,是你害了她嘛。"

"菊治少爷这么想,就得到解脱了是吧。我已经习惯当反派角色。令尊也早已把我当作随时可以充当冷酷的反派角色的女人。虽说谈不上是报恩,但今天我是主动来充当这个反派角色的。"

菊治听来,近子似乎在吐露她那根深蒂固的忌妒和憎恶。

"幕后的事,嗨,就当不知道……"

近子说着,耷拉下眼睑,好像在看自己的鼻子。

"菊治少爷尽管皱起眉头,把我当作好管闲事的令人讨厌的女人好了……用不了多久，我定要祛除那个妖性的女人，让你能缔结良缘。"

"请你不要再提良缘之类的事了，好不好？"

"好，好，我也不愿与太田夫人的事扯在一起。"

近子的声调变得柔和了。

"太田夫人也并不是个坏人……自己死了，在不言不语中，就想把女儿许给菊治少爷，但这只是一种企盼而已，所以……"

"又胡言乱语了。"

"本来就是这样嘛。菊治少爷以为她活着的时候，一次都没想过要把女儿许配给你吗？如果是这样，那你就太糊涂了。她不论是睡还是醒，一味专心想令尊，像着了魔似的，如果说这是痴情，那确是痴情。在梦与现实的混沌中，连女儿也被卷进来了，最后把性命都搭上……不过，在旁观者看来，这仿佛是一种可怕的报应，或是应验的诅咒，是被一张魔性的网给罩住了。"

菊治和近子面面相觑。近子睁大她那双小眼睛。

她的目光总盯住菊治不放，菊治把脸扭向一旁。

菊治之所以畏缩，让近子滔滔不绝，虽说从一开始他就处于劣势，但更多的恐怕是他为近子的离奇言论震惊的缘故。

菊治想都没想过，过世的太田夫人果真希望女儿文子同自己成亲吗？再说，他也不相信此话。

这恐怕是近子出于妒忌而信口雌黄吧。

这种胡乱猜想，就像近子胸脯上长的那块丑陋的痣吧。

然而，对菊治来说，这种离奇的言论宛如一道闪电。

菊治感到害怕。

难道自己就不曾有过这种希望？

虽然继母亲之后，把心移于女儿这种事，在世间并非没有，但是一面陶醉于母亲的拥抱中，另一面却又不知不觉地倾心于其女儿，而自己都还没有察觉，这难道不是真成了魔性的俘虏吗？

如今，菊治回想起来，自从遇见太田夫人之后，自己的整个性格仿佛都变了。

总觉得人都麻木了。

"太田家的小姐来过了，她说有来客，改天再……"

女佣通报说。

"哦，她走了吗？"

菊治站起身来，走了出去。

二

"刚才……"

文子伸长白皙而修长的脖颈仰望着菊治。从她的喉咙到胸脯的凹陷处呈现出一层淡黄色的阴影。

不知是光线的关系,还是她消瘦了的缘故,这淡淡的阴影使菊治放心地松了口气。

"栗本来了。"菊治坦荡地说。

他刚走出来的时候还有点拘谨,可是一见到文子,反而觉得轻松了。

文子点了点头,说:

"我看见师傅的阳伞了……"

"啊,是这把阳伞吧?"

那是一把长把的灰色阳伞,靠放在门口。

"要不,请你到厢房的茶室里等一会儿好吗?栗本那老太婆,这就走的。"

菊治这么说,可他对自己又产生了怀疑。为什么明知文子会来,却没有把近子打发走呢?

"我倒无所谓……"

"是吗?那就请吧。"

文子好像不知道近子的敌意,她一进客厅就向近子施礼寒暄,还对近子前去吊唁她母亲,表示了一番谢意。

近子就像看着徒弟做茶道练习时那样,略耸起左肩膀,昂首挺胸地说:

"你母亲也是一位文雅人……我觉得她在这文雅人活不长的人世间,就像最后的一朵花,凋谢了。"

"家母也并不是个文雅的人。"

"留下文子孤身一人,恐怕她心里也很舍不得吧。"

文子垂下了眼睑,紧紧地抿住反咬合的下唇。

"很寂寞吧,也该来练习茶道了。"

"啊,我已经……"

"可以解闷哟。"

"我已经没有资格学茶道了。"

"什么话。"

近子把重叠着摞在膝上的双手松开,说:

"其实嘛,梅雨天也快过去了,我想给这府上的茶室通通风,今天才来登门拜访的。"

近子说着瞥了菊治一眼。

"文子也来了,你看怎么样?"

"啊?"

"请让我用一下你母亲的遗物志野陶……"

文子抬起头望了望近子。

"让我们也来谈谈你母亲的往事吧。"

"可是,如果在茶室里哭了起来,多讨厌啊。"

"哦,那就哭嘛,没关系的。不久,菊治少爷一旦成了亲,我也就不能随便进茶室里来啰。虽然这是值得我回忆的茶室……"

近子笑了笑,故作庄重地说:

"我是说,要是与稻村家的雪子小姐的这门亲事定下来的话。"

文子点点头,丝毫不露声色。

然而,那张酷似她母亲的圆脸上,却看得出她憔悴的神色。

菊治说:"提这些没定的事,会给对方添麻烦的。"

"我是说假如定下来的话。"

近子又把话顶了回来。

"好事多磨嘛,在事情还没有定下来之前,也请文子小姐就当没听说过。"

"是。"

文子又点了点头。

近子喊了一声女佣,站起身来去打扫茶室了。

"这儿的树荫下,树叶还湿着呢,小心点!"

庭院里传来了近子的声音。

三

"早晨,在电话里甚至能听得见这里的雨声吧。"菊治说。

"电话里也能听见雨声吗?我倒没有注意。这庭院里的雨声,在电话里能听得见吗?"

文子把视线移向庭院。

树丛的对面,传来了近子打扫茶室的声音。

菊治也一边望着庭院一边说:

"我也并不认为电话里能听得见文子小姐那边的雨声。不过,后来却有这种感觉,傍晚的骤雨真是倾盆而来啊。"

"是啊,雷声太可怕了……"

"对对,你在电话里也这么说过。"

"连这些微不足道的小事,我也像家母。一响雷,母亲就会用和服的袖兜裹住我的小脑袋。夏天外出的时候,家母总要望望天空,说声今天会不会打雷呢。直到现在,有时一打雷,我还想用袖兜捂住脸。"

文子说着,从肩膀到胸部暗暗地露出了腼腆的姿态。

"我把那只志野陶茶碗带来了。"

文子说着,站起身走了出去。

折回客厅的时候,她把包裹那茶碗的小包放到菊治膝前。

但是，菊治有点踌躇，文子就把它拉到自己面前，从盒子里把茶碗拿了出来。

"令堂也曾用筒状的乐茶碗来喝茶吧。那也是了入烧制的吗？"菊治说。

"是的。不过家母说不论黑乐还是赤乐，用它喝粗茶或烹茶，在色彩的配合上都不好，所以她常用这只志野陶茶碗。"

"是啊，用黑乐茶碗来喝，粗茶的颜色就看不见了……"

菊治无意将摆放在那里的志野陶筒状茶碗拿到手上观赏，文子看见以后说：

"它可能不是上乘的志野陶，不过……"

"哪里。"

但是，菊治还是没有伸出手来。

正如今天早晨文子在电话里所说的那样，这只志野陶的白釉里隐约透出微红。仔细观赏的时候，那红色仿佛从白釉里浮现出来似的。

而且，茶碗口带点浅茶色，有一处浅茶色显得更浓些。

那儿恐怕就是接触嘴唇的地方吧。

看上去好像沾了茶锈，但也可能是嘴唇碰脏的。

在观赏的过程中，那浅茶色依然呈现出红色来。

正如今天早晨文子在电话里所说的那样，这难道真是文子母亲的口红渗透进去的痕迹吗？

这么一想,他再看,釉面果然呈现茶、赤参半的色泽。

那色泽宛如褪色的口红,又似枯萎的红玫瑰——并且,当菊治觉得它像沾在什么东西上的陈旧血渍的颜色时,心里就觉得难以置信。

他既感到令人作呕的龌龊,也感到使人迷迷糊糊的诱惑。

茶碗面上呈黑青色,绘了一些宽叶草。有的草叶间呈红褐色。

这些草,绘得单纯又健康,仿佛唤醒了菊治病态的官能。

茶碗的形状也很端庄。

"很不错啊。"

菊治说着把茶碗端在手上。

"我不识货。不过,家母很喜欢它,常用它来喝茶。"

"给女人当茶碗用很合适啊。"菊治从自己的话里,再一次活脱脱地感受到文子的母亲这个女人的温馨。

尽管如此,文子为什么要把这只渗透了她母亲的口红的志野茶碗拿来给他看呢?

菊治不清楚文子是出于天真,还是满不在乎。只是文子的那种不抵抗的心绪,仿佛也传给了他。

菊治在膝上转着茶碗观赏,但是避免让手指碰到茶碗边接触嘴唇的地方。

"请把它收好。让栗本老太婆看到,说不定她又会说些什么,顶讨厌的。"

"是。"

文子把茶碗放进盒里,重新包好。

文子本打算把它送给菊治才带来的,可是好像没有碰上机会。也许是顾虑菊治不喜欢这件东西。

她站起身来,又把那小包放回门口。

近子从庭院里向前弯着身子,走了上来。

"请把太田家那个水罐拿出来好吗?"

"用我们家的东西怎么样?再说太田小姐也在场……"

"瞧你说的,正因为文子小姐来了才用的嘛,不是吗?借志野这件纪念遗物,谈谈你母亲的往事。"

"可是,你不是憎恨太田夫人吗?"菊治说。

"我干吗要恨她呢,我们只是脾性合不来罢了。憎恨死去的人有什么用呢?脾性合不来,我不了解她,但另一方面,有些地方我反而能看透那位夫人。"

"看透别人就是你的毛病……"

"做到让我看不透才好嘛。"

文子在走廊上出现,她坐到门框边上。

近子耸起左肩膀,回过头来说:

"我说,文子小姐,能让我们用一下你母亲的志野陶吗?"

"啊,请用。"文子回答。

菊治把刚放进壁橱里的志野水罐拿了出来。

近子把扇子轻快地插在腰带间,抱着水罐盒向茶室走去。

菊治也走到门框边来,说:

"今早在电话里听说你搬家了,我大吃一惊。房子这类事,都是你一个人处理的吗?"

"是的。不过,是个熟人把它买了下来,所以比较简单。这位熟人说,他暂住在大矶,房子较小,说愿意与我交换。可是,房子再小,我也不能一个人住呀。要去上班,还是租房方便些。因此,就先暂住在朋友家里。"

"工作定了吗?"

"还没有。真到紧要关头,自己又没学到什么本事……"

文子说着莞尔一笑。

"本来打算待工作的地方定下来之后,再拜访您。在既无家又无职、漂泊无着的时候来看您,未免太凄凉了。"

菊治想说,这种时候来最好,他本以为文子孤苦伶仃,但眼前从表情上看,她也没显得特别寂寞。

"我也想把这幢房子卖掉,但我一向拖拖拉拉。不过,因为存心要卖,所以连架水槽也没有修理,榻榻米成了这副模样,也不能换席子面儿。"

"您不是要在这所房子里结婚吗?那时再……"文子直率地说。

菊治看了看文子,说:

"你指的是栗本的事吧。你认为我现在能结婚吗?"

"为了家母的事?如果说家母使您那样伤心,那么家母的事已经过去了,您大可不必再提了……"

四

近子干起茶道得心应手,很快就把茶室准备好了。

"与水罐相配吗?"

近子问菊治,可是他不懂。

菊治没有回答,文子也不言语。他和文子都望着志野水罐。

原本是用来插花供奉在太田夫人灵前的,今天派上它本来的用场,当水罐用了。

早先是太田夫人手里的东西,现在却听任栗本近子使用。太田夫人辞世后,传给了女儿文子,再由文子送到菊治手里。

这就是这只水罐奇妙的命运。不过,也许就是茶道器具通常的遭遇吧。

这只水罐在制成之后,太田夫人拥有之前,历经了三四百年。这期间,不知更迭过多少命运各异的物主而传承至今啊。

"志野水罐放在茶炉和烧茶水用的铁锅旁,更显得像个美人了。"菊治对文子说。

"但是,它那刚劲的姿态,绝不亚于铁器啊。"

志野陶的白釉面润泽光亮,仿佛是从深层透射出来的。

菊治在电话里对文子说过,一看到这件志野陶,就想见她,但她母亲的白皙肌肤里也深深地蕴涵着女人这种刚劲吗?

天气酷热，菊治把茶室的拉门打开了。

文子身后的窗外，枫叶翠绿。茂密层叠的枫叶的投影，落在文子的头发上。

文子那修长脖颈以上的部分，映照在窗外投进的亮光中。露在像是初次穿上的短袖衣服外的胳膊，白皙中略带青色。她并不太胖，但肩膀圆匀，胳膊也是圆乎乎的。

近子也望着水罐。

"如果水罐不用在茶道上，就显不出它的灵性来。只随便地插上几枝洋花，太委屈它了。"

"家母也用它插过花呢。"文子说。

"你母亲遗下的这只水罐，到这儿来了，真像做梦似的。不过，你母亲也一定会很高兴吧。"

也许近子是想挖苦文子一下。

可是，文子却若无其事地说：

"家母也曾把这只水罐用来插花。再说，我已不再学茶道了。"

"不要这样说嘛。"

近子环顾了一下茶室，说：

"我觉得能在这儿坐坐，心里还是很踏实的。四处都能看到。"

她望了望菊治，说：

"明年是令尊逝世五周年，忌辰那天举行一次茶会吧。"

"是啊,把所有赝品茶具统统摆出来,再把客人请来,也许这是件愉快的事。"

"什么话,令尊的茶具没有一件是赝品。"

"哦?但是,全是赝品的茶会可能很有意思吧。"菊治对文子说,"这间茶室里,我总觉得充满一股发霉的臭味,如果举办一次茶会,全部使用赝品,也许能拂去这股霉气。我把它当作为已故父亲祈冥福,从此便与茶道断绝关系。其实我早就与茶道绝缘了……"

"你的意思是说,我这个老婆子真讨厌,总要到这茶室里来歇息是吗?"

近子迅速地用圆筒竹刷搅和抹茶。

"可以这么说吧。"

"不许你这么说!但如果你结上新缘,那么断掉旧缘也未尝不可。"

近子说声"请吧",便将茶送到菊治面前。

"文子小姐,听了菊治少爷的这番玩笑话,会不会觉得你母亲这件遗物找错了去处呢?我一看见这件志野陶,就觉得你母亲的面影仿佛映在那上面。"

菊治喝完茶,将茶碗放下,马上望着水罐。

也许是近子的姿影映在那黑漆的盖子上吧。

然而,文子心不在焉地坐着。

菊治弄不清文子是不想抵抗近子呢，还是无视近子。

文子也没有露出不愉快的神色，与近子进茶室坐在一起，这也是件奇妙的事。

近子提及菊治的亲事时，文子也没有露出拘谨的神色。

一向憎恨文子母女的近子，每句话都有意羞辱文子，可是文子却没有表示反感。

难道文子沉溺在深深的悲伤中，以致将这一切都视为过往烟云了吗？

难道是母亲去世的打击，使她完全超越了这一切吗？

也许是她继承了她母亲的性格，不为难自己，也不得罪他人，是个不可思议的、似已摆脱一切烦恼的纯洁姑娘？

但是，菊治好像在努力不使人看出他要保护文子，使她不受近子的憎恶和侮辱。

意识到这点的时候，他觉得自己才奇怪呢。

看着近子最后自点自饮茶的模样，他也觉得十分奇怪。

近子从腰带间取出手表，看了看说：

"这手表太小，老花眼看起来太费劲了……把令尊的怀表送给我吧。"

"他可没有怀表。"菊治顶了回去。

"有。他经常用呢。他去文子小姐家的时候，也总是带在身上的嘛。"

近子故意装出一副怅然若失的神色。

文子垂下了眼帘。

"是两点十分吗?两根针聚在一起,模模糊糊的看不清。"

近子又现出她那副能干的样子。

"稻村家的小姐给我招来了一些人,今天下午三点开始学习茶道。我在去稻村家之前,到这里来一趟,想听听菊治少爷的回音,以便心中有数。"

"请你明确地回绝稻村家吧。"

尽管菊治这么说,但近子还是笑着搪塞,说:"好,好,明确地……"接着又说,"真希望能早一天让那些人在这间茶室里学习茶道啊。"

"那就请稻村家把这幢房子买下来好了。反正我最近就要把它卖掉。"

近子不理会菊治,转过身来对文子说:

"文子小姐,我们一起走到那儿吧?"

"是。"

"那我赶紧把这里收拾干净。"

"我来帮您忙吧。"

"那就谢了。"

可是,近子不等文子,迅速地到水房去了。

传来了放水声。

"文子小姐,我看算了,不要跟她一起走。"菊治小声说。

文子摇摇头,说:

"我害怕。"

"有什么害怕的?"

"我真害怕。"

"那么,你就跟她走到那边,然后摆脱她。"

文子又摇了摇头,然后站起身来,把夏服膝弯后面的皱褶抚平。

菊治差点从下面伸出手去。

这是他以为文子踉跄要倒的缘故。文子脸上飞起了一片红潮。

刚才近子提到怀表的事,她难过得眼圈微红,现在则羞得满脸通红,宛如猝然绽开的红花。

文子抱着志野水罐向水房走去。

"哟,还是把你母亲的东西拿来了?"

里面传来了近子嘶哑的声音。

双重星

一

栗本近子到菊治家来说,文子和稻村小姐都结婚了。

夏令时节,傍晚八时半,天色还亮。晚饭后,菊治躺在廊道上,望着女佣买来的萤火虫笼。不知从什么时候开始,发白的萤光带上了黄色,天色也昏暗了。但是菊治没有起身去开灯。

菊治向公司请了四五天夏休假,到坐落在野尻湖的友人的别墅去度假,今天刚回来。

友人已经结婚,生了一个孩子,菊治没有经验,不知婴儿生下来有多少日子了。换句话说,是长得大还是小,心中无数,不知该怎么寒暄才好。

"这孩子发育得真好。"

菊治的话音刚落,友人的妻子回答说:

"哪里呀,刚生下来时真小得可怜,近来才长得像样些了。"

菊治在婴儿面前晃了晃手,说:

"他不眨眼呀。"

"孩子看得见,不过得过些时候才会眨眼哪。"

菊治以为婴儿出生好几个月了,其实才刚满百天。这年轻的主妇,头发稀疏,脸色有点发青,还带着产后的憔悴,这是可以理解的。

友人夫妇的生活,一切以婴儿为中心,只顾照看婴儿,菊治觉得自己显得多余了。但是,当他乘上火车在回家途中,那位看起来很老实的友人妻子,挂着一副无生气的憔悴的面容,她那呆呆地抱着婴儿的纤弱身影,总是浮现在菊治的脑际,怎么也拂除不掉。友人本来是同父母兄弟住在一起,这第一个孩子出生不久,就暂住在湖畔的别墅里。已习惯与丈夫过着两人生活的妻子,大概觉得十分安心舒适,甚至达到发呆的程度吧。

此刻,菊治回到家里,躺在廊道上,依然想起那位友人妻子的姿影。这种思念的情怀带有一种神圣的哀感。

这时,近子来了。

近子冒冒失失地走进房间说:

"哎哟,怎么在这么黑的地方……"

她坐到菊治脚边的廊道上。

"独身真可怜呀。躺在这里,连灯都没有人给开。"

菊治把腿弯缩起来,不大一会儿,满脸不高兴地坐了起来。

"请躺着吧。"

近子用右手打个手势,示意让菊治躺下,而后又故作庄重地寒暄了一番。她说她去了京都,回来时还在箱根歇了歇脚。在京都她师父那里，遇见了茶具店的大泉先生。

"难得一见，我们畅谈了有关你父亲的往事。他说要带我去看看三谷先生当年悄悄幽会时住过的那家旅馆，于是他就带我去了木屋町的一家小旅馆。那里可能是你父亲与太田夫人去过的地方呢。大泉还让我住在那里，他说这种话太没分寸了。一想到你父亲与太田夫人都死了，我再怎么样，半夜里说不定也会害怕的。"

菊治默不作声，心想，没分寸的正是说这种话的近子你呢。

"菊治少爷也去野尻湖了吧？"

近子这是明知故问。其实她一进门，就从女佣那里听说了。近子没等女佣传达，就唐突地走了进来，这是她一贯的作风。

"我刚到家。"

菊治满脸不高兴地回答。

"我三四天前就回来了。"

说着，近子也郑重其事，耸起左肩膀说：

"可是，一回来就听说发生了一件令人感到遗憾的事。这使我大吃一惊，都怪我太疏忽，我简直没脸来见菊治少爷。"

近子说，稻村家的小姐结婚了。

菊治露出了吃惊的神色，所幸的是廊道上昏暗。但是，他毫不在意地说：

"是吗？什么时候？"

"好像是别人的事似的,真沉得住气啊!"

近子挖苦了一句。

"本来就是嘛,雪子小姐的事,我已经让你回绝过多次了嘛。"

"只是口头上吧。恐怕是对我才想摆出这副面孔吧。好像从一开始自己就不情愿,偏偏我这个多管闲事的老太婆好自作主张,纠缠不休,令人讨厌是吗?其实你心里却在想,这位小姐挺好。"

"都胡说些什么。"

菊治忍俊不禁,笑出声来。

"你还是喜欢这位小姐的吧?"

"是位不错的小姐。"

"这点我早就看出来了。"

"说小姐不错,不一定是想结婚。"

但是,一听说稻村小姐已经结婚,心头仿佛被撞击了一下,菊治强烈地渴望在脑海里描绘出小姐的面影。

在圆觉寺的茶会上,近子为了让菊治观察雪子,特地安排雪子点茶。雪子点茶,手法淳朴,气质高雅,在嫩叶投影的拉门的映衬下,身穿长袖和服的雪子的肩膀和袖兜,甚至连头发,仿佛都熠熠生辉,这种印象还留在菊治的心底。难以想起雪子的面容。当时她用的红色绸巾,以及去圆觉寺深院的茶室路上她手上那个缀有洁白千只鹤的粉红色绉绸小包袱,此时此刻又鲜明地浮现在他的脑海里。

后来有一次，雪子来菊治家，是近子点茶。即使到了第二天，菊治还感到小姐的芳香犹在茶室里。小姐系的绘有菖兰的腰带，如今还历历在目，但是她的姿影却难以捕捉。

菊治连三四年前亡故的父亲和母亲的容颜，都难以在脑际明确地描绘出来。看到他们的照片后，才确有所悟似的点点头，也许越亲近、越深爱的人，就越难描绘出来。而越丑恶的东西，就越容易明确地留在记忆里。

雪子的眼睛和脸颊，就像光一般留在记忆里，是抽象的。可是，近子乳房与心窝间长的那块痣，却像癞蛤蟆一般留在记忆里，是很具体的。

这时，廊道上虽然很暗，但是菊治知道近子多半穿的是那件小千谷白麻绉绸的长衬衫，即使在亮处，也不可能透过衣服看见她胸脯上的那块痣。然而，在菊治的记忆里却能看见。与其说因昏暗而看不见，毋宁说在黑暗中的记忆里见得更清楚。

"既然觉得是位不错的小姐，就不该放过呀。像稻村小姐这样的人，恐怕世上独一无二。就算你找一辈子，也找不到同样的。这么简单的道理，难道菊治少爷还不明白吗？"

接着，近子用申斥般的口吻说：

"你经验不多，要求倒很高。唉，就这样，菊治少爷和雪子小姐两人的人生，就整个改变了。小姐本来对菊治少爷还是很满意的，现在嫁给别人了,万一有个不幸,不能说菊治少爷就没有责任吧。"

菊治没有回应。

"小姐的风貌,你也看得一清二楚了吧。难道你就忍心让她后悔如若早几年与菊治少爷结婚就好了,忍心让她总是思念你吗?"

近子的声调里含有恶意。

既然雪子已经结了婚,那近子为什么还要来说这些多余的话呢?

"哟,是萤火虫笼子,这时节还有?"

近子伸了伸脖子,说:

"这时候,该是挂秋虫笼子的季节了,还会有萤火虫?简直像幽灵嘛。"

"可能是女佣买来的。"

"女佣嘛,就是这个水平。菊治少爷要是习茶道,就不会有这种事了。日本是讲究季节的。"

近子这么一说,萤火虫的火却也有点像鬼火。菊治想起野尻湖畔虫鸣的景象。这些萤火虫能活到这个时节,着实不可思议。

"要是有太太,就不至于出现这种过了时的清寂季节感了。"

近子说着,忽地又悄然说道:

"我之所以努力给你介绍稻村小姐,那是因为我觉得这是为令尊效劳。"

"效劳?"

"是啊。就连太田家的文子小姐都结婚了,可是菊治少爷还躺在这昏暗中观看萤火虫,不是吗?"

"什么时候?"

菊治大吃一惊,仿佛被人绊了一跤似的。他比刚才听说雪子已经结婚的消息时更为震惊,也不准备掩饰自己受惊的神色了。菊治的神态似乎在怀疑:不可能吧。这一点,近子已看在眼里。

"我也是从京都回来才知道的,都给愣住了。两人就像约好了似的,先后把婚事都办完了,年轻人太简单了。"

近子又说:

"我本以为,文子小姐结了婚,就再没有人来搅扰菊治少爷了,谁知道那时候稻村家的小姐早就把婚事办了。对稻村家,连我的脸面也都丢尽了。这都是菊治少爷的优柔寡断招致的呀。

"太田夫人直到死都还在搅扰菊治少爷吧。不过,文子小姐结了婚,太田夫人的妖邪该从这家消散了。"

近子把视线移向庭院。

"这样也就干净利落了,庭院里的树木也该修整了。光凭这股黑暗劲,就明白树木茂密,枝叶无序,使人感到憋闷、厌烦。"

父亲过世四年,菊治一次也没请花匠来修整过。庭院里的树木着实是无序地生长,光嗅到白天的余热所散发出来的气味,也能感觉到这一点。

"女佣恐怕连水也没浇吧。这点事,总可以吩咐她做呀。"

"少管点闲事吧。"

然而,尽管近子的每句话都使菊治皱眉头,但他还是听任她絮絮叨叨讲个没完。每次遇见她都是这样。

虽然近子的话怄人,但她还是想讨好菊治的,并且企图试探一下菊治的心思。菊治早已习惯她的这套手法。他有时公开反驳她,同时悄悄地提防她。近子心里也明白,但一般总佯装不知,不过有时也会表露出她明白他在想什么。

而且,近子很少说些使菊治感到意外而生气的话,她只是挑剔菊治缘于自我嫌恶的一面可能想到的事。

今晚,近子前来告诉菊治雪子和文子结婚的事,也是想打探一下他的反应。菊治心想,她究竟是什么居心呢,自己可不能大意。近子本想把雪子介绍给菊治,借此使文子疏远菊治,可是现在这两个姑娘都已成亲,只剩下菊治,他怎么想本来与近子毫不相干,然而近子仿佛还要紧追着菊治心灵上的影子。

菊治本想起身去打开客厅和廊道上的电灯。回过神来,他觉得在黑暗中这样与近子谈话有点可笑,况且他们之间也没有达到如此亲密的程度。连修整庭院树木的事,她也指手画脚,这是她的毛病。菊治把她的话只当耳旁风。但是,为了开灯就要站起身,他又懒得起来。

近子刚走进房间,尽管说了灯的事,但她也无意站起身去开灯。

她的职业原本使她养成了对这类小事很勤快的习惯。可是现在看来，她似乎不想为菊治做更多的事。也许是近子年纪大了，也许是她作为茶道师傅，想拿点架子的缘故。

"京都的大泉，托我捎个口信，如果这边有意要出售茶具，那么希望能交给他来办理。"

接着，近子用沉着的口吻说：

"与稻村家小姐的这门亲事已经吹了，菊治少爷该振作起来，开始另一种新生活了。也许这些茶具就派不上什么用场了。从你父亲那代起就用不着我，使我深感寂寞。不过，这间茶室也只有我来的时候，才得以通通风吧。"

哦，菊治这才领会过来。

近子的目的很露骨。眼看着菊治与雪子小姐的婚事办不成，她对菊治也已绝望，最后就企图与茶具铺的老板合谋弄走菊治家的茶具。她在京都与大泉大概已商量好了。菊治与其说很恼火，莫如说反而感到轻松了。

"我连房子都想卖，到时候也许会拜托你的。"

"那人毕竟是从你父亲那代起就有了交情，终归可以放心啊。"

近子又补充了一句。

菊治心想，家中的茶具，近子可能比自己更清楚，也许近子心里早已经盘算过了。

菊治把视线移向茶室那边。茶室前有棵大夹竹桃,白花盛开。朦胧间,只见一片白。夜色黢黑,几乎难以划清天空与庭院树木的界限。

二

下班时刻，菊治刚要走出公司办公室，又被电话叫了回去。

"我是文子。"

电话里传来了小小的声音。

"哦，我是三谷……"

"我是文子。"

"啊，我知道。"

"给您打电话真是失礼了，但有件事，如果不打电话道歉就来不及了。"

"哦？"

"事情是这样的，昨天，我给您寄了一封信，可是忘记贴邮票了。"

"是吗？我还没有收到……"

"我在邮局买了十张邮票，就把信发了。可是回家一看，邮票依然还是十张。真糊涂呀。我想着怎么才能在信到之前向您致歉……"

"这点小事，不必放在心上……"

菊治一边回答，一边想，那封信可能是结婚通知书吧。

"是封报喜信吗？"

"什么……以前总是用电话与您联系，给您写信还是头一回，我拿不定主意，惦挂着信发出去好不好，竟忘了贴邮票。"

"你现在在哪里？"

"东京站的公用电话亭……外面还有人在等着打电话呢。"

"哦，是公用电话？"

菊治不明白，但还是说：

"恭喜你了。"

"您说什么呢……托您的福总算……不过，您是怎么知道的呢？"

"栗本告诉我的。"

"栗本师傅？……她是怎么知道的呢？真是个可怕的人啊。"

"可是，你也不会再见到她了吧。记得上次在电话里还听见傍晚的雷阵雨声，是不是？"

"您是那么说的。那时，我搬到朋友家去住，我犹豫着要不要告诉您，这次也是同样的情景。"

"那还是希望你通知我才好。我也是从栗本那里听说后，拿不定主意该不该向你贺喜。"

"就这样销声匿迹，未免太凄凉了。"

她那行将消失似的声音，颇似她母亲的声音。

菊治突然沉默不语。

"也许是不得不销声匿迹吧……"

过了一会儿，文子又说：

"是间简陋的六叠大的房间,与工作同时找到的。"

"啊?……"

"正是最热的时候去上班,累得很。"

"是啊,再加上结婚不久……"

"什么?结婚?……您是说结婚吗?"

"恭喜你。"

"什么?我?……我可不愿听呀。"

"你不是结婚了吗?"

"没有呀。我现在还有心思结婚吗……家母刚刚那样去世……"

"啊!"

"是栗本师傅这么说的吧?"

"是的。"

"为什么呢?真不明白。三谷先生听了之后,也信以为真了吧?"

这句话,文子仿佛也是对自己说的。

菊治突然用明确的声调说:

"电话里说不清楚,能不能见见面呢?"

"好。"

"我去东京站,请你就在那里等着。"

"可是……"

"要不然就约个地方会面?"

"我不喜欢在外面跟人家约会,还是我到府上吧。"

"那么我们就一起回去吧。"

"一起回去,那还不是等于约会吗?"

"是不是先到我公司来?"

"不。我一个人去府上。"

"是吗。我立即就回去。如果文子小姐先到,就请先进屋里歇歇吧。"

如果文子从东京站乘坐电车,恐怕会比菊治先到。但是,菊治总觉得可能会与她同乘一趟电车,他在车站上的人群中边走边寻觅。

结果还是文子先到了他家。

菊治听女佣说文子在庭院里,他就从大门旁边走进庭院。文子坐在白夹竹桃树荫下的石头上。

自从近子来过之后,四五天来,女佣总在菊治回来之前给树木浇水了。庭院里的旧水龙头还能使用。

文子就坐的那块石头,下半部看上去还是湿漉漉的。如果那株夹竹桃是茂盛的绿叶衬着盛开的红花,那就像烈日当空,可是它开的是白花,就显得格外凉爽。花簇围绕着文子的身影,柔媚地摇曳着。文子身穿洁白棉布服,在翻领和口袋处都用深蓝布镶上了一道细边。

夕阳从文子背后的夹竹桃的上空,一直照到菊治的面前。

"欢迎你来。"

菊治说着，亲切地迎上前去。

文子本来比菊治要先开口说什么的，可是……

"刚才，在电话里……"

文子说着，双肩一收，像要转身似的站了起来。如果菊治再走过来，说不定会握她的手呢。

"因为在电话里说了那种事，所以我才来的。来更正……"

"结婚的事吗？我也大吃一惊。"

"嫁给谁呢？"

文子说着，垂下了眼帘。

"嫁给谁的事嘛……就是听到文子小姐结婚了的时候，以及听说你没有结婚的时候，这两次都使我感到震惊。"

"两次都……"

"可不是嘛。"

菊治沿着踏脚石边走边说：

"从这里上去吧。你刚才可以进屋里等我嘛。"

菊治说着坐到廊道上。

"前些日子我旅行回来，在这里休息的时候，栗本来了，是个晚上。"

女佣在屋里呼唤菊治。大概是晚饭准备好了，这是他离开公司时用电话吩咐过的。菊治站起身，走了进去，顺便换上一身白色上等麻纱服走了出来。

文子好像也重新化过妆,等待着菊治坐下来。

"栗本师傅是怎样说的?"

"她只是说,听说文子小姐也结婚了……"

"三谷少爷就信以为真了,是吗?"

"万没想到她会撒这个谎……"

"一点都不怀疑?"

转瞬间,但见文子那双又大又黑的瞳眸湿润了。

"我现在能结婚吗?三谷少爷以为我会这样做吗?家母和我都很痛苦,也很悲伤,这些都还没有消失,怎能……"

菊治听了这些话,仿佛她母亲还活着似的。

"家母和我天性轻信别人,也相信人家会理解自己。难道这只是一种梦想?只是自己心灵的水镜上反映出来的一种自我写照……"

文子已泣不成声了。

菊治沉默良久,说:

"记得前些时候,我曾问过文子小姐:你以为我现在可能结婚吗?那是在一个傍晚雷阵雨的日子里……"

"是雷声大作那天?"

"对。今天却反过来由你说了。"

"不,那是……"

"文子小姐总爱说我快结婚了吧。"

"那是……三谷少爷与我全然不同嘛。"

文子说着用噙满泪珠的眼睛凝望着菊治。

"三谷少爷与我不一样呀。"

"怎么不一样?"

"身份也不一样……"

"身份……"

"是的,身份也不一样。如果说'身份'这个词用得不合适的话,那么可不可以说是身世灰暗呢?"

"就是说罪孽深重? ……那恐怕是我吧。"

"不!"

文子使劲摇了摇头,眼泪便夺眶而出。一滴泪珠意外地顺着左眼角流到耳边滴落下来。

"如果说是罪孽,家母早已背负着它辞世了。不过,我并不认为是罪孽,只觉得这是家母的悲伤。"

菊治低下头来。

"是罪孽的话,也许就不会消失,而悲伤则会过去的。"

"但是,文子小姐说'身世灰暗'这种话,不就使令堂的死也成了灰暗的吗?"

"还是说深深的悲伤好。"

"深深的悲伤……"

菊治本想说"与深深的爱一样",但欲言又止。

"再说,三谷少爷还要与雪子小姐商议婚事,和我不一样呀。"

文子好像把话题又拉回到现实中来,说:

"栗本师傅似乎认为家母从中搅扰了这桩事。她说我已经结婚了,显然认为我也是搅扰者呗,我只能这样想。"

"可是,据说这位稻村小姐也已经结婚了。"

文子松了口气,露出泄气似的表情,但又说:"撒谎……恐怕是谎言吧。这也肯定是骗人的。"她说着又使劲摇了摇头,"这是什么时候的事?"

"你是说稻村小姐结婚……大概是最近的事吧。"

"肯定是骗人的。"

"据她说,雪子小姐和文子小姐,两人都已经结婚了,所以我反而以为文子小姐结婚大概也是真的了。"

说着,菊治又低声补充了一句:

"不过,也许雪子小姐方面是真的……"

"撒谎。哪有人在大热天里结婚的。只穿一层衣裳,还汗流不止。"

"说的也是啊,夏天就没有人举行婚礼吗?"

"哎,几乎没有……虽然也不是绝对没有……婚礼仪式一般都在秋季或是……"

文子不知怎的，润湿了的眼眶里又涌出新的泪珠。她凝视着滴落在膝上的泪痕。

"但是，栗本师傅为什么要说这种谎言呢？"

"我还真的受骗了。"菊治也这么说。

可是，这件事为什么会使文子落泪呢？

至少，在这里可以确认，文子结婚是谎言。

说不定雪子真的结婚了，现在近子很可能是为了使文子疏远菊治而说文子也结婚了。菊治做了这样的猜想。

然而，光凭这样的猜想还是说服不了自己。菊治仍然觉得，说雪子结婚了，似乎也是谎言。

"总之，雪子小姐结婚的事，究竟是真还是假，在未弄清之前，还不能断定栗本是不是在恶作剧。"

"恶作剧……"

"嗨，就当她是恶作剧吧。"

"可是，如果我今天不给您打电话，我不就成了已经结婚的人了吗？这真是个残酷的恶作剧。"

女佣又来招呼菊治。

菊治拿着一封信从里面走了出来，说：

"文子小姐的信送到了。没贴邮票的……"

他刚要轻松地拆开这封信。

"不，不。请不要看……"

"为什么？"

"不愿意嘛，请还给我。"

文子说着膝行过去，想从菊治手里把信夺过来。

"还给我嘛。"

菊治突然把手藏到背后。

这瞬间，文子的左手一下子按在菊治的膝上。她想用右手把信抢过来。左手和右手的动作不协调，身体失去了平衡。她赶紧用左手向后支撑着自己，险些倒在菊治的身上，可是她仍想用右手去够菊治背后的信，于是她尽量将右手向前伸。身子向右一扭，侧脸差点落在菊治的怀里。文子轻柔地把脸闪开。连按在菊治膝上的左手，也只是轻柔地触了一下而已。只是，这轻柔的一触又怎能支撑得住她那先往右扭又向前倒的上半身呢？

菊治眼看着文子的身子摇摇晃晃地压过来，浑身肌肉绷紧，却为文子那意外轻柔的躯体几乎失控而喊出声来。他强烈地感受到她是个女人，也感受到了文子的母亲太田夫人。

文子是在哪个瞬间把身子闪开的呢？又是在哪里无力松软下来的呢？这简直是一股不可名状的温柔。仿佛是女人的一种本能的奥秘。菊治本以为文子的身体会沉重地压过来，却不料文子只是接触了一下,就恍如一阵温馨的芬芳飘然而过。

那香味好浓郁。夏季,从早到晚工作的女性体味总会变得浓烈起来。菊治感受到文子的芳香,仿佛也感受到太田夫人的香味。那是与太田夫人拥抱时的香味。

"哎呀,请还给我。"

菊治没有执拗。

"我把它撕了。"

文子转向一边,将自己的信撕得粉碎。汗水濡湿了她的脖颈和裸露的胳膊。

文子刚才险些倒下却又硬把身子闪开,那时脸色煞白,待坐正后,才满脸绯红,似乎就是在这个时候出的汗。

三

从附近饭馆叫来的晚饭，总是老一套的菜肴，食而无味。

女佣按往常惯例，在菊治面前摆上了那只志野陶的筒状茶碗。

菊治突然发现，可文子早已看在眼里。

"哟，那只茶碗，您用着呢？"

"是。"

"真糟糕。"

文子的声调没有菊治那么羞涩。

"送您这件东西，我真后悔。我在信里也提到了这件事。"

"提到什么……"

"没什么，只是表示一下歉意，送给您这么一件太没价值的东西……"

"这可不是没有价值的东西啊。"

"又不是什么上乘的志野陶。家母甚至把它当作平日用的茶杯呢。"

"我虽然不在行，但是，它不是挺好的志野陶吗？"

菊治说着将筒状茶碗端在手上观赏。

"可是，比这更好的志野陶多着呢。您用了它，也许又会想起别的茶碗，而觉得别的志野陶更好……"

"我们家好像没有这种志野陶小茶碗。"

"即使府上没有,别处也能见到的呀。您用它时,假使又想起别的茶碗,而觉得别的志野陶更好的话,家母和我都会感到很悲哀的啊。"

菊治"嗯"了一声,倒抽了一口气,却又说:

"我已经逐渐与茶道绝缘,也不会再看什么别的茶碗了。"

"可是,总难免有机会看到的呀。何况过去您也见过比这个更好的志野陶。"

"照你这么说,只能把最好的东西送人啰?"

"是呀。"

文子说着干脆地抬起头来直视菊治,又说:"我是这样想的。信里还说请您把它摔碎扔掉。"

"摔碎?把它扔掉?"

菊治面对文子步步进逼的姿态,支吾地说。

"这只茶碗是志野古窑烧制的,恐怕是三四百年前的东西了。当初也许是宴席上或别的什么场合的用具,既不是茶碗也不是茶杯,不过,自从它被当作小茶碗用之后,恐怕也历经漫长的岁月了,古人珍惜它,并把它传承了下来。也许还有人把它收入茶盒里,随身带着去远途旅行呢。对,恐怕不能由于文子小姐的任性而把它摔碎啊。"

据说,茶碗口嘴唇接触的地方,还渗有文子母亲的口红的痕迹。

听说，文子的母亲告诉过她，口红一旦沾在茶碗口上，怎么揩拭也揩拭不掉，菊治自从得到这只志野茶碗后似乎也发现，碗口有一处显得有些脏，洗也洗不掉。当然，不是口红那样的颜色，而是浅茶色，不过却带点微红，如果把它看成褪了色的口红陈色，也未尝不可。但是，也许是志野陶本身隐约发红。再说，如果把它当茶碗用的话，那么碗口接触嘴唇的地方是固定的，所以留下的嘴唇痕迹，说不定是文子母亲之前的物主的呢。不过，太田夫人把它当作平日用的茶杯，可能她使用得最多吧。

菊治还曾这样想过：把它当茶杯使用，这是太田夫人自己想出来的吗？莫不是父亲想出来的点子，让夫人这样使用的吧。

他也曾怀疑：太田夫人好像用这对了人产赤与黑筒状茶碗代替茶杯，当作与父亲共用的夫妻茶碗吧。

父亲让她把志野陶的水罐当花瓶插上了玫瑰和石竹花，把志野陶的筒状茶碗当茶杯用，父亲有时也会把太田夫人看作一种美吧。

他们两人都辞世后，那只水罐和筒状茶碗都转到菊治这里，现在文子也来了。

"不是我任性。我真的希望您把它摔碎。"

文子接着又说：

"我把水罐送给您，看到您高兴地收了下来，我又想起还有另一件志野陶，就顺便把那只茶碗也一起送给您，事后却又觉得很难为情。"

"这件志野陶,恐怕不该当作茶杯使用吧,真是委屈它了……"

"不过,比它更好的,有的是啊。如果您一边用它,一边又想着别的上乘的志野陶,那我就太难过了。"

"所以你才说只能把最好的东西送人是不是……"

"那也要根据对象和场合呀。"

文子的话使菊治受到强烈的震动。

文子是不是希望菊治通过太田夫人的遗物,想起夫人和她,或者想更亲切地去抚触的东西,就须是最上乘的呢?

文子说一心希望最高的名品才是她母亲的纪念品,菊治也很能理解。

这正是文子最高的感情吧。实际上,这个水罐就是这种感情的一种证明。

志野陶那冷艳而又温馨的光滑表面,直接使菊治思念太田夫人。然而,在这些思绪中,之所以没有伴随着罪孽的阴影与丑恶,内中可能也有"这只水罐是名品"的因素在起作用吧。

在观赏名品遗物的过程中,菊治依然感到太田夫人是女性中的最高名品。名品是没有瑕疵的。

傍晚下雷阵雨那天,菊治在电话里对文子说,看到水罐就想见她。因为是在电话里,所以他才能说出来。听到这话后,文子才说,还有另一件志野陶。于是她才把这件筒状茶碗带到菊治家里来。

诚然,这件筒状茶碗,不像那件水罐那么名贵吧。

"记得家父也有一个旅行用的茶具箱……"菊治回想起来说,"那里面装的茶碗,一定比这件志野陶的品质要差。"

"是什么样的茶碗呢?"

"这……我没见过。"

"能让我看看吗?肯定是令尊的东西更好。"文子说,"如果比令尊的差,那么这件志野陶就可以摔碎了吧?"

"危险啊。"

饭后吃西瓜,文子一边灵巧地剔掉西瓜子,一边又催促菊治,说她想看那只茶碗。

菊治让女佣把茶室打开,他走下庭院,打算去找茶具箱。可是,文子也跟着来了。

"茶具箱究竟放在哪里,我也不知道。栗本比我更清楚……"

菊治说着回过头来。文子站在夹竹桃满树盛开的白花的花荫下,只见树根处现出她那双穿着袜子和庭院木屐的脚。

茶具箱放在水房的横架上。

菊治走进茶室,把茶具箱放在文子的面前。文子以为菊治会解开包装,她正襟危坐地等着。过了一会儿,她才把手伸出去。

"那我就打开了。"

"积了这么厚的灰尘。"

菊治拎起文子刚打开来的包装物，站起身来，走出去把灰尘抖落在庭院里。

"水房的架子上有只死蝉，都长蛆了。"

"茶室真干净啊。"

"是。前些日子，栗本前来打扫过。就在那个时候，她告诉我文子小姐和稻村小姐都结婚了……因为是夜间，可能把蝉也关进屋里来了。"

文子从箱子里取出像是裹着茶碗的小包，深深地弯下腰来，揭开碗袋上的带子，手指尖有点颤动。

菊治从侧面俯视，只见文子收缩着浑圆的双肩向前倾，她那修长的脖颈更引人注目。

她非常认真地抿紧下唇，以致显露出反咬合的口型，还有那没有装饰的耳垂，着实令人爱怜。

"这是唐津陶呢。"

文子说着仰脸望着菊治。

菊治也挨近她坐着。

文子把茶碗放在榻榻米上，说：

"是件上乘的好茶碗啊。"

这也是一件可以当茶杯用的筒形小茶碗，是唐津陶器。

"质地结实,气派凛然,远比那件志野陶好多了。"

"拿志野陶与唐津陶相比较,恐怕不合适吧……"

"可是,并拢一看就知道嘛。"

菊治也被唐津陶的魅力吸引,遂将它放在膝上欣赏一番。

"那么,把那件志野陶拿来看看。"

"我去拿。"

文子说着站起身走了出去。

当菊治和文子把志野陶与唐津陶并排放在一起时,两人的视线偶然碰在一起。

接着,两人的视线又同时落在茶碗上。

菊治慌了神似的说:

"是男茶碗与女茶碗啊。这样并排一看……"

文子说不出话来,只是点点头。

菊治也感到自己的话,诱导出异样的反响。

唐津陶上没有彩画,是素色的。近似黄绿的青色中,还带点暗红。形态显得结实气派。

"令尊去旅行也带着它,足见它是令尊喜爱的一只茶碗。活像令尊呀。"

文子说出了危险的话,可是她却没有意识到危险。

志野陶茶碗,活像文子的母亲。这句话,菊治说不出口。然而,两只茶碗并排摆在这里,就像菊治的父亲与文子的母亲的两颗心。

三四百年前的茶碗,姿态是健康的,不会诱人作病态的狂想。不过,它充满生命力,甚至是官能性的。

当菊治把自己的父亲与文子的母亲看成两只茶碗时,就觉得眼前并排着的两个茶碗的姿影,仿佛是两个美丽的灵魂。

而且,茶碗的姿影是现实的,因此菊治觉得茶碗居中,自己与文子相对而坐的现实也是纯洁的。

太田夫人头七后的第二天,菊治曾对文子说:两人相对而坐,也许是件可怕的事。然而现在,那种罪恶的恐惧感,难道也在这纯洁的茶碗表面被洗刷干净了吗?

"真美啊!"

菊治在自言自语。

"家父也不是个品格高尚的人,却好摆弄茶碗之类的东西,说不定是为了麻痹他那种种罪孽之心。"

"啊?"

"但看着这只茶碗,谁也不会想起原物主的坏处吧。家父的寿命短暂,甚至仅有这只传世茶碗寿命的几分之一……"

"死亡就在我们脚下。真可怕啊!虽然明知自己脚下就有死,但是我想不能总被母亲的死俘虏,我曾做过种种努力。"

"是啊,一旦成为死者的俘虏,就会觉得自己好像不是这个世间的人似的。"菊治说。

女佣把铁壶等点茶家什拿了进来。

菊治他们在茶室里待了很长时间,女佣大概以为他们要点茶吧。

菊治向文子建议,用眼前的唐津和志野的茶碗,像旅行那样,点一次茶如何。

文子温顺地点了点头,说:

"在把家母的志野茶碗摔碎之前,把它当作茶碗再用一次,表示惜别好吗?"

文子说着从茶具箱里取出圆筒竹刷,拿到水房去洗涮。

夏天日长夜短,天还未黑。

"就当作在旅行……"

文子一边用小圆筒竹刷在小茶碗里搅抹茶,一边说。

"既是旅行,住的是哪家旅馆呢?"

"不一定住旅馆呀。也许在河畔,也许在山上嘛。就当作用山谷的溪水来点茶,要是用冷水也许会更好……"

文子从小茶碗里拿出小竹刷时,就势抬起头,用那双黑眼珠瞟了菊治一眼,旋即又把视线倾注在掌心里正在转动的那只唐津茶碗上。

于是,文子的视线随同茶碗一起,移到菊治的膝前。

菊治感到,文子仿佛也跟着视线流了过来。

这回,文子把母亲的志野陶放在面前,竹刷子唰唰地碰到茶碗边缘，她停住手说：

"真难啊！"

"碗太小，难搅动吧。"菊治说。

可是，文子的手腕依然在颤抖。

接着，她的手刚停下来，竹刷子在筒状小茶碗里就搅不开了。

文子凝视着自己变得僵硬的手腕，把头耷拉下来，纹丝不动。

"家母不让我点茶啊。"

"哦？"

菊治蓦地站起身来，抓住文子的肩膀，仿佛要把被咒语束缚住动弹不了的人搀起来似的。

文子没有抗拒。

四

　　菊治难以成眠。待到木板套窗的缝隙里射进一线亮光,他就向茶室走去。

　　庭院里石制洗手盆前的石间上,还落有志野陶的碎片。

　　捡起四块大碎片,在掌心上拼起来,就成茶碗形,但碗边上有一处拇指大的缺口。

　　菊治心想,这块缺口的残片,说不定还可能找回来,于是他开始在石头缝里寻找,可是,很快就停了下来。

　　抬头望去,只见东边树林的上空,嵌着一颗闪闪发光的大星星。

　　菊治已经有好几年没有见过这种黎明的晨星了。他一面这样想,一面站起来观看,只见天空飘浮着云朵。

　　星光在云中闪耀,更显得那颗晨星很大。闪光的边缘仿佛被水濡湿了似的。

　　面对着亮晶晶的晨星,自己却在捡茶碗的碎片想拼合起来,相形之下,菊治觉得自己太可怜了。

　　于是,他把手中的碎片就地扔掉了。

　　昨天晚上,菊治劝阻不久,文子就将茶碗摔在庭院的石制洗手盆上,完全粉碎了。

　　悄悄地走出茶室的文子,手里拿着茶碗,这一点菊治没有察觉出来。

"啊！"

菊治不禁大喊了一声。

但是，菊治顾不上去捡散落在昏暗石缝里的茶碗碎片，他要支撑住文子的肩膀。因为她蹲在摔碎的茶碗前面，身子向石制洗手盆倒了过去。

"还会有更好的志野陶啊。"

文子喃喃自语。

难道她担心菊治把它同更好的志野陶作对比，感到悲伤了吗？

后来，菊治彻夜难眠，越发感到文子这句话蕴涵着哀切的纯洁的余韵。

待到曙光洒在庭院里，他就出去看了看茶碗的碎片。

但是看到晨星后，他又把捡起来的碎片扔掉了。

菊治接着抬头仰望，长叹了一声：

"啊！"

晨星不见了。菊治望着扔掉的残片。就在这瞬间，黎明的晨星躲到云中了。

菊治久久地凝望着东方的天空，仿佛自己的什么东西被人夺走了似的。

云层不太厚，却觅不见晨星的踪迹。天边被浮云隔断，几乎接触到市街的屋顶，一抹淡淡的红色越发深沉了。

"扔在这里也不行。"

菊治自言自语，而后又把志野陶的碎片捡了起来，揣进睡衣里。

把碎片扔掉，太凄惨了，也担心栗本近子等前来盘问。

文子似乎也是想不通才摔碎的，因此菊治考虑不保存这些碎片，把它埋在石制洗手盆旁边。不过，他最后用纸把它包起来，放进壁橱里，然后又钻进被窝。

文子是担心菊治在什么时候拿什么东西同这件志野陶相比较吗？

菊治有点疑惑，文子的这种担心是从哪里来的呢？

何况，昨晚与今晨，菊治压根儿就没有想过要把文子同什么人比较。

对菊治来说，文子已是无与伦比的绝对存在，成为他决定性的命运了。

此前，菊治每时每刻都想及文子是太田夫人的女儿，可是现在，他似乎忘却了这一点。

母亲的身体微妙地转移到女儿身上，菊治曾被这一点吸引，做过离奇的梦，如今反而消失得形迹全无了。

他终于从长期以来被罩住的又黑暗又丑恶的帷幕里钻到幕外来了。

难道是文子那纯洁的悲痛拯救了菊治？

文子没有抗拒，只是纯洁本身在抵抗。

菊治正像一个坠入被咒语镇住和麻痹的深渊的人，到了极限，反而感到自己摆脱了那种咒语的束缚和麻痹。犹如已经中毒的人，最后服下极量的毒药，反而成了解毒剂而出现奇迹。

菊治一到公司上班，就给文子所在的店铺打了电话。听说文子在神田一家呢绒批发店里工作。

文子还没到店里上班。菊治因为失眠，早早就出来了。可是，难道文子清晨还在睡梦中？菊治寻思，今天她会不会因为难为情而闭居家中呢？

午后，菊治又打了个电话，文子还是没去上班。菊治向店里人打听了文子的住所。在她昨天的信里，理应写了这次搬家的住址，可是文子没有开封就撕碎并塞进衣兜里了。晚饭的时候，提到工作的事，菊治才记住了呢绒批发店的店名，却忘记问她的住址。因为文子的住址仿佛已经移入了菊治体内。

菊治下班后，归途中找到了文子租赁的那间房子。在上野公园的后面。

文子不在家。

一个穿着水兵服的十二三岁的少女，像是刚放学回家，走到门口来，又进屋里去了片刻，才出来说道：

"太田小姐不在家，她今早说与朋友去旅行。"

"旅行？"

菊治反问了一句。

"她去旅行了吗？今早几点走的？她说到什么地方去了吗？"

少女又退回屋里去，这次站在稍远的地方说：

"不太清楚，我妈不在家……"

她回答的时候，样子好像害怕菊治似的。这是个眉毛稀疏的小女孩。

菊治走出大门，回头看了看，却判断不出哪间住房是文子的房间。这是一幢带小院子的不大的二层楼房。

菊治想起文子说过"死亡就在脚下"，他的腿不由得麻木了。

他掏出手绢，擦了擦脸。仿佛越擦就越失去血色。可他还是一个劲儿地擦。手绢都擦得有点发黑且湿了。他觉得脊背上冒出一层冷汗。

菊治对自己说："她不会寻死的。"

文子使菊治获得重新生活的勇气，她理应不会去寻死。

然而，昨天文子的举止不正是想死的表白吗？

或许这种表白，说明她害怕自己与母亲一样，是个罪孽深重的女人呢？

"让栗本一个人活下去……"

菊治宛如面对假想敌，吐了一口怨气之后，便急匆匆地向公园的林荫处走去。

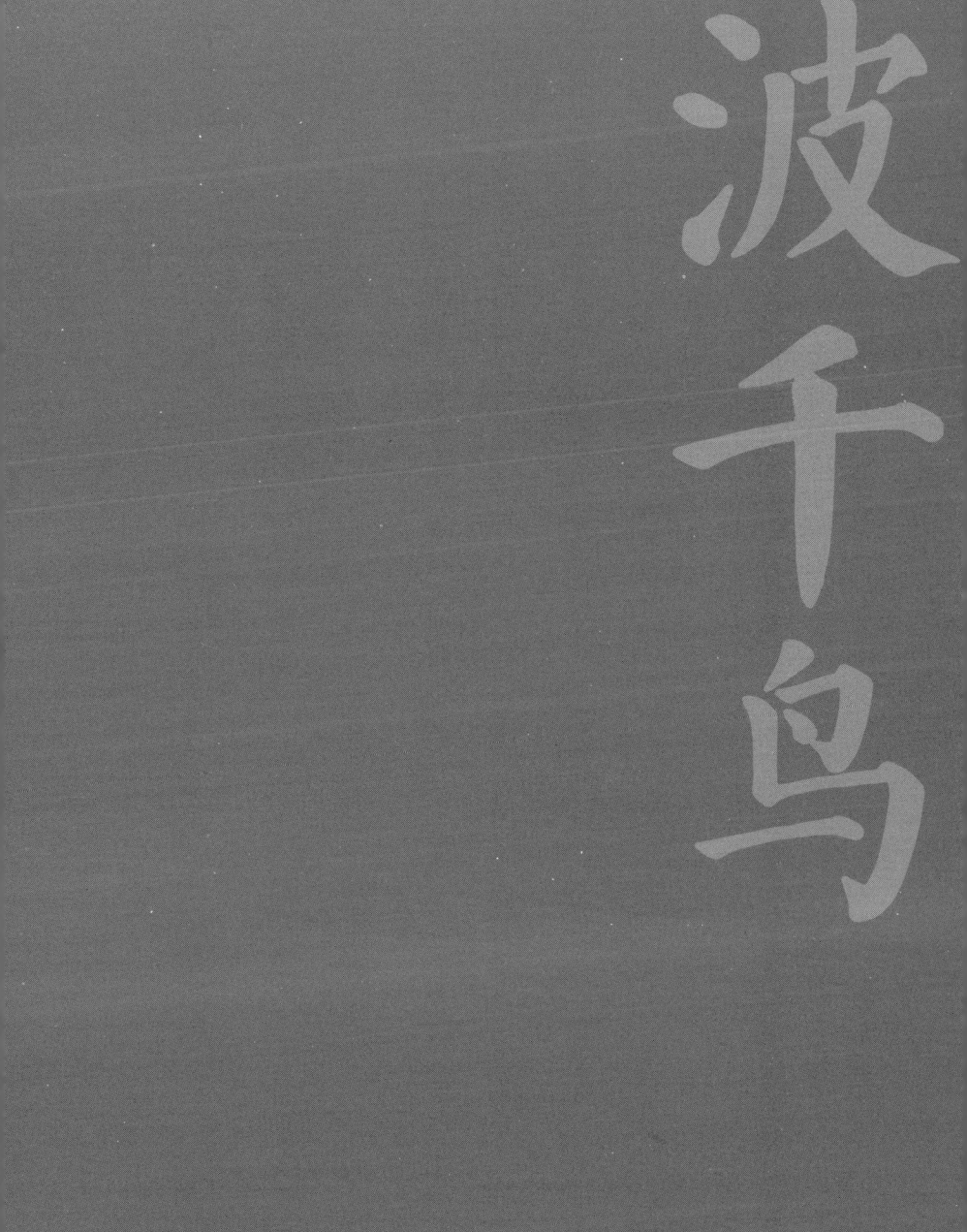

波千鸟

波千鸟

一

前往热海站迎接来宾的小轿车,越过伊豆山不久,就像画圈似的朝着大海的方向下山了。汽车驶入旅馆的庭园,旅馆大门的灯光照射在停在斜坡上的轿车车窗上,显得亮堂起来。在门口等候的旅馆掌柜,一边开车门一边问:

"您是三谷夫人吧?"

"是的。"

雪子小声地回答。在停下来的车上,雪子坐在靠近旅馆大门的一侧。今天,刚举行了婚礼,自己被人称呼"三谷"这个姓氏,还是头一回。

雪子有点犹疑,但还是先下了车。她回头望了望车厢,等待菊治下车。

菊治刚要脱鞋,掌柜就说:

"茶室已经准备好了。我接到了栗本女士的电话。"

"啊?"

菊治在低矮的大门口边上蓦地坐下来。女佣急忙把坐垫递了过去。

栗本近子那个从心窝处扩展到乳房上的大痣,犹如恶魔的手迹,浮现在菊治的眼前。他解开鞋带,猛然抬头,仿佛看见那只黑手就在那里。

菊治去年把房子卖掉,连茶具也全部处理了,理应疏远近子,不再与她见面了。然而,他与雪子结婚,大概还算是近子从中牵的线。新婚旅行下榻的旅馆房间,竟然会按照近子的指点来布置,这是他万万没有想到的。

菊治望了望雪子的脸。但雪子对掌柜所说的话似乎毫不介意。

两人被引领着从大门口沿着长长的游廊向海的方向走去,仿佛钻进了狭窄的隧道。这道钢筋水泥的细长通道有好几处台阶,不知要下到哪儿去。途中还有远离主房的厢房,形似主房的侧翼。走到尽头,就是茶室的后门了。

这是一间八叠大的房间,菊治刚要脱外套,雪子就从后面准备将外套接过来。

"啊。"

菊治嘟哝了一声,回过头去。她的第一个动作像个举止十分称职的妻子。

桌子底下,有半叠的炉位。

"那边是三叠的正式茶席,烧水锅已经坐在上面……"掌柜把两人的行李放置好后说,"虽然没有好的茶具,不过……"

菊治吓了一跳,问道:

"那边也有茶席吗?"

"是的,连同这个大间,共有四间茶席。房间布局同在横滨三溪园时的布局一样,因为是从那边搬过来的。"

"哦。"

但是,菊治什么也不明白。

"夫人,那边是茶席,您随时都可以使用……"掌柜对雪子说。

"过一会儿我再参观。"雪子答应着站起身来,说道,"大海真美。轮船还亮着灯哪。"

"那是美国军舰。"

"美国军舰驶进热海了?"

菊治说着也站起来看了看,说:

"是艘小军舰啊。"

"共有五艘哪。"

军舰约莫中央的部位悬挂着红灯。

热海市街的灯光,被小小的海角挡住了,只能看见锦浦一带。

掌柜寒暄了几句,就同给客人斟茶的女佣一起离去。

两人自然而然地观赏了一番大海的夜景,而后又回到火盆旁。

"真可怜。"

雪子边说边将手提包拉到身旁,从中取出一朵玫瑰花,并将被压扁了的花瓣舒展开来。

离开东京站的时候,雪子大概不好意思抱着花束来,就将它递给前来送行的人,这朵花儿就是当时人家摘下给她的。

雪子将花儿放在桌面上,然后望了望桌上寄存贵重物品的口袋,说:

"怎么办呢?"

"贵重物品……"

菊治将玫瑰拿在手中,雪子问道:

"玫瑰?"

她说着望了望菊治。

"不,我的贵重物品太大,口袋里装不下,再说也不能寄存给别人呀。"

"为什么……"话音刚落,她似乎马上就意识到了,又说,"我的也不能寄存呀。"

"在哪儿?"

雪子大概不好意思指菊治吧。

"在这儿……"

她边说边瞧着自己的胸口,并保持了这姿势,没有抬起头来。

从茶室那边传来了锅中水开的声音。菊治问道:

"去看看茶室吗?"

雪子点了点头。菊治自己却说:

"不过,我不想看。"

"可是,人家特意布置……"

雪子从茶厨走进去,按照茶道的礼仪,参观了壁龛。菊治却伫立在茶厨口的草席上。他抱怨似的说:"说什么特意,连这儿的布置不都是在栗本的指使下进行的吗?"

雪子回头看了看,然后跪坐在炉前。这是点茶时的座位,她的双膝朝向炉子,一动不动地跪坐着。是等待菊治发话的姿势。

菊治也把膝盖靠近炉边坐了下来。

"我本不想说这种话的,在旅馆大门口一听说栗本,我就大吃一惊。我的罪孽和悔恨都纠缠在那个女人身上……"

雪子像在点头。

"栗本现在还出入你们家吗?"

"自从去年夏天惹怒父亲之后,很长一段时间没来了……"

"去年夏天……栗本告诉我说,雪子你已经结婚了。"

"哎呀。"

雪子像想起来似的,说:

"准是那个时候呀。师傅前来商谈另一家人的事……父亲大怒。父亲说,我只想听媒人谈一户人家的婚事。那桩婚姻如果不成,今天这家再好，我家女儿也不愿，请你不要愚弄我们。后来我觉得应该感谢父亲。当时父亲这番话，对我嫁到三谷家来，是起了很大作用的。"

菊治沉默不语。

"师傅也不示弱。她说三谷着了魔，还说了太田夫人的事。真讨厌啊。越听越让人发抖。听了这种令人讨厌的话，怎么竟会发抖呢？后来想了想，才明白这是因为我还想嫁到三谷家来。不过，当时我在父亲和师傅面前不停地颤抖，实在痛苦。父亲大概看到我的脸色了吧，他说：'凉水或开水都很好喝，温吞吞的水或热水不好喝，女儿经你的介绍会见了三谷，所以她也有自己的判断吧。'最后迫使师傅退缩了。"

传来了热水倾泻在澡盆里的声音，像是侍候洗热水澡的人来了。

"虽然很难过，但是我自己做了判断。我觉得师傅的话，大可不必介意。即使我在这里点茶，也无所谓。"

雪子说着抬起头来。菊治看到她的瞳眸里映现出一盏小电灯，通红的脸颊和嘴唇上也反射出亮光，他在这张闪耀的脸上感受到了一种可贵的亲爱之感。本是一种美丽的火焰，可是一旦接触，竟感受到一股不可思议的渗透全身的温馨。

"当时雪子你系的是一条菖兰花纹的腰带，所以大约是去年五月光景，你到我家茶室来，那时候我觉得你永远是在彼岸的人。"

"因为你显得很痛苦的样子。"雪子说着淡淡一笑，又说，"你还记得菖兰腰带吗？菖兰腰带也都放在行李里了，我们还要去我家哪。"

雪子对自己和菊治都使用了"痛苦"这个字眼，但是，雪子痛苦的时候，正是菊治带着充血的眼睛，到处寻找不知去向的文子的时候。菊治出乎意料地收到文子从九州的竹田町寄来的几封长信，他甚至到竹田去找过她。但是，时隔一年半，如今连文子的住址也不晓得了。

文子要他把母亲和她都忘掉，同稻村雪子结婚，这绵绵倾诉的信也就成了她与菊治的告别。文子仿佛与雪子对调，成了永远在彼岸的人。

永远在彼岸的人，在这个世界上恐怕是没有的吧，现在菊治也觉得不应该随便滥用这种语言。

二

折回八叠的房间的时候,只见桌面上放着一本相册,菊治打开一看,说:

"哦,原来是这间茶室的图片哪。我还以为是到这里新婚旅行的人的图片集呢,真有点让人吃惊啊。"

话音刚落,他就朝雪子那边望去。

图片集开首贴着茶室由来的说明……这个寒月庵是昔日江户十人众[1]的河村迂叟[2]的茶室,被迁移至横滨的三溪园,由于那里遭受空袭,屋顶被炸穿,墙壁倒塌,门窗隔扇等被炸飞,壁龛破损,面目凄惨,腐朽得已不能使用,据说最近才将它迁移到这家旅馆的庭园里。这里是温泉旅馆,所以设有浴室,此外尽量按照原来的布局,恢复使用古老的材料。停战之初,由于燃料不足,邻近的人大概把荒芜的茶室的木料当柴烧了吧,在一些柱子上,还能看到刀砍的痕迹。雪子边读边说:

"据说大石内藏助[3]曾经参观过这茶庵哪……"

---

[1] 十人众,由幕府从居住在江户的富豪中选出十人担任管理幕府财产的官职。

[2] 河村迂叟(1822—1885),江户末期至明治时代的大商人。

[3] 大石内藏助(1659—1703),又名大石良雄,江户前期武士,其为藩主复仇杀死吉良义央的故事被改编为名剧《忠臣藏》。

由于迂叟经常出入赤穗藩，再加上迂叟持有名叫残月的荞麦茶碗，作为河村荞麦传承了下来。人们把交替呈现的淡青釉和淡黄釉，比作晓空残月铭记了下来。

有几张图片拍的是该茶室遭空袭受损坏时的原样，其后是迁移过来后，从开始修缮到庆祝落成举办茶会的图片，按顺序排列了下来。

如果说大石良雄曾到过这里，那么至晚在元禄年代，这座寒月庵便已建成。

菊治环视了一圈房间，这里所用的几乎都是新木料。

"刚才茶室里的壁龛柱子好像是原来的。"

估计是他们两人在三叠的茶室的时候，女佣前来关上了挡雨套窗，就在这时候把茶室的图片集放下来的。

雪子一边反复观看图片集，一边说：

"你不换衣服吗？"

"你呢？"

"我穿的是和服，就这样子不换了。你去洗澡时，我会把人家赠送的点心拿出来。"

浴池那股新木料的芳香扑鼻而来。从浴池到冲洗处、墙壁直到天花板，木板的色彩都很柔和，木纹笔直，十分漂亮。

传来了女佣从长长的通道上走下来时的说话声。

菊治从浴池折回来时，雪子不在房间里。

在八叠的房间里，睡铺已经铺好，桌子也挪到一旁了。雪子大概就在女佣干活的时候，到刚才那间三叠的茶室去了吧。

"炉里的火就这样行吗？"雪子从那边说。

"大概可以吧。"

菊治回答后，雪子立即走了过来，只顾望着菊治，仿佛别处就没有什么看头。

"感觉舒服些吗？"

"瞧这……"

菊治说着，望着穿在自己身上的旅馆的宽袖棉袍和外披一件日式外衣的模样。

"你去洗吧。洗个热水澡，挺舒服的。"

"好。"

雪子向右侧三叠的茶室走去，从旅行包里把什么东西掏出来，然后打开八叠房间的隔扇，坐了下来。身后的廊道上放着她的化妆盒，她不由得双手拄地，红着脸稍微欠身施了个礼，然后脱下戒指放在梳妆台上就出去了。

雪子施了一个实在是意想不到的礼，菊治差点儿喊出"啊"的一声来，他觉得雪子着实可爱。

菊治站起身，望着雪子的戒指。结婚戒指原封不动地放在那里，那上面镶嵌着墨西哥蛋白石。他折回到火盆旁，把戒指举起照着灯光，宝石闪烁出小小的赤黄绿似的亮光，忽亮忽灭，忽灭忽亮。这些透明的宝石，明明灭灭地摇曳着的亮光，把菊治给吸引住了。

雪子从浴池里出来，走进了右边那三叠的茶室。

八叠的房间左侧，隔着狭窄的走廊，是三叠和四叠的两间茶室，右侧也有一间三叠的茶室。女佣将他们的旅行包就放在右侧这三叠的房间里。

雪子已在那里良久，像是在折叠和服。

"我把这儿的糊纸拉门打开一点好不好？怪可怕的。"

她说着站起身来，把菊治所在的八叠房间和三叠房间的糊纸拉门拉开了约莫一尺宽的样子。

菊治也察觉到，这里是距主房八九米远的厢房，只供两个人住。雪子望着透光的方向，说：

"那边也是茶室吗？"

"是的。可能是圆炉吧。就是把圆铁炉子镶嵌在木板中……"

回答声刚落，他从糊纸拉门的一头，看见雪子正在折叠的贴身和式衬衣的下摆在飘动。

"千鸟……"

"是的。千鸟是冬天的鸟，所以我就把它染上了。"

"是波千鸟啊！"

"波千鸟？……是千鸟戏波呀。"

"不是说夕波千鸟吗?有句和歌曰:夕波千鸟若长鸣……"

"夕波千鸟?……不过,可能人们把千鸟戏波的情景叫作波千鸟了吧?"

雪子慢条斯理地说着,敏捷地将印有千鸟的衣服下摆叠起来,千鸟不见了。

三

可能是火车从旅馆上方通过的响声,把菊治惊醒了。

比起天黑不久听见的,车轮的轰鸣声更近,汽笛声也响彻云霄,他由此断定此刻是深夜。

那响声不至于大到把人吵醒的程度,自己还是被惊醒了,而令他感到更加不可思议的,是自己刚才睡着了。

他比雪子先进入梦乡。

但是,听见雪子平稳的呼吸声,他多少也放宽心些了。

雪子大概也由于操办婚礼而疲劳,已经入睡了。举行婚礼的日子越近,菊治越是动摇和悔恨,每天晚上都难以成眠,估计雪子也有失眠的时候。

雪子躺在自己身边这类事,仿佛是不可能的,这里充溢着雪子平时的气味。

那个叫什么牌的香水、雪子的气味、雪子睡眠中的呼吸,还有雪子的戒指,甚至连千鸟戏波的图案,所有这一切都仿佛成了菊治自己的东西。这种亲近感,即使在夜深人静菊治睁开不安的眼睛的时候也没有消失。这种感受他还是第一次体验到。

然而,菊治没有勇气开灯观赏雪子。他拿着枕下的手表到卫生间去了。

"哦，五点多了吧。"

菊治在太田夫人和她女儿身上感受到的那股自然而无抵触的东西，为什么在雪子身上竟成了可怕而异常的东西呢？难道这是良心上的抵触吗？是对雪子的自卑心吗？或者是太田夫人和文子把菊治给俘虏了？

据栗本近子说，太田夫人是个有魔性的女人，今晚住的这个房间好像是由栗本近子给订下来的，这也使菊治感到有点抵触和不愉快。

菊治怀疑雪子也是听由近子的指使，才穿她不习惯穿的和服到这里来的。在睡觉前，他不由得问雪子：

"旅行为什么不穿西服呢？"

"说是今天穿西服裙，有点煞风景，头一两次会面都是在茶室里，穿的是和服，所以⋯⋯"

菊治没有反问这句话是谁说的。他又在想，为了新婚旅行，这波千鸟图案恐怕也是栗本近子让雪子印染的吧。

"刚才所说的夕波千鸟的和歌，我很喜欢。"

菊治把话题岔开了。

"什么和歌⋯⋯"

菊治快口地说："是柿本人麻吕的歌。"

他温柔地抚触着新娘子的脊背。

"啊！难得。"

菊治情不自禁地说，这使雪子吓了一跳，于是他尽量显得温存体贴。

凌晨五点醒来，菊治在不安和焦虑中还是强烈地感到雪子是可贵的。他感到光凭雪子这安详睡眠中的呼吸和隐约飘出的气味，也是一种甜美而温馨的赦免。也许这是一种自私的陶醉，但是，唯有女人的恩泽才能宽恕极恶的罪人。也许这是一时的感伤或麻木，然而它却是异性的救济。

菊治心想，就算有朝一日与雪子分手，恐怕自己也会一辈子感谢她的。

不安和焦虑的心绪缓和下来，菊治又感到很孤寂。雪子兴许也会因为不安和决心而感到害怕吧。但是，菊治似乎不能把她摇醒而重新拥抱她。

耳边不时传来汹涌的波涛声。菊治估计直到天亮也无法成眠，谁知他竟又入睡了。待到睁开眼睛，明朗的阳光已照射在糊纸拉门上。雪子不在房间里。

菊治大吃一惊。她是不是逃回娘家了？这时已是九点多钟。

菊治打开糊纸拉门，只见雪子已来到草坪上。她双手抱膝，在观赏海景。

"我睡懒觉啦。你什么时候起床的？"

"七点光景。掌柜的来烧开水，我就醒了。"

雪子回过头来,脸上飞起一片红潮。今早她换上了一套西服裙,将昨夜的红玫瑰插在胸前。菊治如释重负。

"那玫瑰还挺鲜艳的呀。"

"昨晚洗澡的时候,我把它放进盥洗室的水杯里养着,你没发现吗?"

"没有注意。"菊治答罢,接着又说,"你已经洗过澡了吗?"

"是的,我先起床,无所事事,只好悄悄打开木板套窗来到这里,正好看见美国军舰在返航哪。据说,它们头天傍晚来玩乐,翌日一早就返回去。"

"军舰来玩乐,真滑稽呀。"

"这是整修庭园的人说的。"

菊治打电话告诉账房说自己起床了,他洗过澡后就来到草坪上。天气暖和,使人不觉得这是十二月中旬的天气。吃过早饭后,他也坐在阳光灿烂的廊道上。

海面上闪烁着银色的光辉。闪光的地方,随着时间的推移而发生变化。从伊豆山向热海方向伸展的、类似小小海角的突出部分重叠起来。拍击着山麓的波涛,闪光的地方千变万化。

"就在那下方的海面处,闪烁的亮光活像星星快出来似的。"雪子指了指下方的海面,又说,"恍如蓝宝石的星星啊……"

眼下的海面上一处处的光群,忽明忽灭,活像繁星在闪烁。到处浮现出依稀亮光。近处可见的波光,东一簇西一簇的。远处海面上的亮光,却活像一面镜子,也许这就是群星聚集吧。凝神远眺,但见远处的光群也在跃动。

茶室前的草坪十分窄小。在草坪的一角,可以看到下方带色调的夏橘枝丫。一片缓缓倾斜的土地一直延伸到海边。成排的松树立在海岸边上。

"昨晚,我仔细观赏了那戒指上的宝石,的确很漂亮……"

"因为这是宝石,波光像蓝宝石或红宝石。它最像钻石的光。"

雪子看了看自己的戒指,又凝望着海光。

这景色很适合谈论宝石,也许现在也是他们俩谈论这种问题的时间。然而,这种幸福的温馨,却无法抚平菊治的某些心事。

菊治把父亲的房子全部卖掉,并把雪子带到简陋的家里来,就算这样做是一件好事,在这里谈论新家庭的时候,他还是谈不上已经进入结婚的状态。再说,如果两人要追忆往事,菊治不触及太田夫人、文子和栗本,那就不是真心话。所以,谈论两人的未来或过去的话题都被封死了,菊治只能谈如今在这里的话题。

雪子是怎么想的呢?在太阳照耀下,她那光彩熠熠的脸颊上所显示的无拘无束,是在体恤菊治吗?说不定,新婚初夜她感到菊治体贴了她呢。

菊治很不自在,很想活动活动。

已订好了在这家旅馆住两个晚上,因此他们就去热海饭店吃午餐。饭店附属的餐厅靠窗处,破损了的芭蕉叶立在那里,对面植有一簇凤尾松。

"小时候,父亲曾带我到这里来过新年,凤尾松同那个时候没什么两样。"

雪子说着,环视面对大海的庭园。

"家父也常到这里来,那时候我也跟着来,也许还遇见了幼年时代的雪子呢。"

"瞧你说的,是这样吗?"

"幼年时代相会,不是挺有意思的吗?"

"小时候相会,说不定就结不了婚哪。"

"为什么?"

"因为小时候很聪明。"

菊治笑了。

"家父常说:'你小时候很聪明,可是现在越来越傻了。'"

从这些话语里,菊治也能够想象得到在雪子的四个兄弟姐妹中,她父亲是多么喜欢和期待着她。如今在她那双炯炯有神的聪明的眼睛里,还可以看到她幼年时代的面影。

四

从热海饭店折回旅馆后,雪子就给母亲打了电话,可是又无话可说。

"母亲担心地说,你们怎么啦?我说呀,你来跟她说说好吗?"

"不,请你代我问她好。"菊治突然婉谢了。

"是吗?"雪子回首望了望菊治,说,"妈妈问你好呢。叫我们多珍重……"

电话就在房间里,菊治从一开始就知道她并没有打算要悄悄地向母亲诉说些什么。

然而,仿佛是什么东西在促使雪子的母亲担心,莫非是女人的直觉在起作用吗?还是因为新婚旅行的翌日,新娘子就往娘家打电话呢,这电话是否吓着了新娘子的母亲呢?菊治不得而知。不过,如果她有被丈夫迷住了这种羞涩感,就不会打这个电话了。

四点多钟,三艘美国小型军舰驶了过来。遥远的网代一带的天空,云朵化为雾霭,在恍如春天薄暮时分的朦胧海面上慢慢地移动。如果说运来的是饥渴的情欲,看上去却也像一艘艘平静的模型船。

"军舰还是来玩儿的啊。"

"今早,我起床的时候,昨晚开来的军舰正在返航呢。"雪子说,"由于无所事事,就目送着它们远去了。"

"直到我起床,让你等了两个小时吧?"

"我觉得时间似乎更长。甚至感到在这里真是不可思议,愉快极了。我在想,等你起床后,我有许多话要对你说……"

"什么话呢?"

"不得要领的话……"

天还没擦黑,驶过来的军舰却早已亮着灯。

"我也很想谈谈这件事,为什么结婚了呢?如果能听听你的看法,那该多么愉快呀!"

"嗯,并不是什么看法的事。"

"话虽这么说,但如果回想一下,这个女子为什么会到自己这边来了呢,不是很愉快的事吗?我觉得很愉快。什么永远是彼岸的人,为什么你会这样想呢……"

"去年,你到我家茶室来的时候,同现在所使用的是同一种香水吧?"

"嗯。"

"那天,我也觉得你永远是彼岸的人。"

"哎呀!原来你是讨厌这种香水?"

"不是。第二天,我觉得雪子的香味依然留在茶室里,甚至到那里去看了看……"

雪子惊讶地望着菊治。

"这就是说,我必须断念,得把雪子当作永远是彼岸的人。"

"不要这样说嘛,我太伤心啦。那是出于别人的缘故……这一点我明白。不过,现在只想听有关我的故事。"

"那是一种憧憬。"

"憧憬……"

"可能是吧。可能是断念与憧憬两者都存在吧。"

"你说憧憬什么的,把我吓了一跳。但就说我吧,本想断念了,说不定这就是憧憬哪。然而,在我脑海里并没有浮现出断念或憧憬这类的语言。"

"所谓憧憬,大概是罪人的语言的缘故吧……"

"你又在说别人的事啦。"

"不,不是的。"

"行了。我也曾想过,可能会喜欢上有太太的人。"雪子说着,她的目光熠熠生辉。"但憧憬什么的,太可怕了。你不会再说了吧?"

"是啊。昨天晚上雪子的香味,仿佛化成了我自己的东西,真不可思议……"

"……"

"但是,憧憬还是没有消失啊。"

"你很快就会失望的。"

"我绝对不会失望。"菊治斩钉截铁地说。因为他深深地感谢雪子。

雪子蓦地以压倒一切的气势,强烈地回应说:

"我也绝对不失望。我发誓!"

然而,过了五六个小时后,雪子的失望不是就逼过来了吗?雪子不懂得这种失望,但就算停留在疑惑上,菊治也不得不让自己感到寒冷的失望。

由于害怕它,从昨天晚上开始,菊治一直谈到很晚。也是从昨天晚上开始,雪子亲密地陪伴着他,适当的时候还用轻柔的手给他斟上了粗茶。

菊治在浴室里刮了胡子,涂上了护肤霜。雪子也相伴在梳妆台旁,一边用手指沾上些护肤霜,一边说:

"总是由我给父亲购买护肤霜……"

"那么,你也给我买一样的,好吗?"

"还是买不一样的好。"

然后,她将睡衣放到他膝边,依旧是施礼之后才走进浴池里。

"晚安,请歇息吧。"

雪子说着双手着地施了个礼,然后用手抚平整衣服下摆,麻利地钻进了自己的睡铺里。她这番少女般的动作之简洁利索,让菊治心情颇为激动。

但是不久,菊治在黑暗的深渊里,一边合上眨巴着的眼帘,一边回想起那时候文子毫无抵抗,只有纯洁本身在抵抗。只有卑劣而龌龊的拼命挣扎。他将蹂躏文子的纯洁的胡思乱想化为力量,试图玷污雪子的纯洁。虽然这是不祥的毒药,然而雪子那大方的举止,不可避免地引起了菊治对文子的回忆，即便痛苦得不得了。

另外，从对文子的回忆中，又唤回了太田夫人这女人的无常，菊治无法加以制止。也许这是一种魔性的诅咒，或是人的自然天性。不管怎样，夫人已经辞世，文子的踪影也已消失了，如果说两人只有爱，没有恨，那么此刻使菊治凄然地震颤不已的又是什么呢？

菊治后悔自己麻木于太田夫人那女人的无常，反过来，如今觉得是自己的什么东西正在麻木，他害怕万分。

雪子的枕头上突然发出头发沙沙的摩擦声，仿佛是在说，请讲点什么吧。

菊治不禁毛骨悚然。

可能是罪人的手悄悄地搂住了神圣的处女的缘故，菊治不由得热泪盈眶。

雪子温柔地将脸投在菊治的怀里。良久，她抽抽搭搭地哭起来。

菊治压低快要颤抖的声音，问道：

"什么……伤心吗？"

"不！"雪子摇摇头，"虽说我一直都爱着三谷你，但从昨天起，我更加爱你了，就哭了。"

菊治爱抚着雪子的下巴颏儿，并亲吻了她。她也不需再控制自己的泪珠了。有关太田夫人和文子的胡思乱想瞬间完全消失了。

为什么就不能拥有纯洁的新娘和几天清净的日子呢？

五

　　第三天也是个风和日丽的日子，大海暖融融的。雪子先起床，梳洗打扮完毕。

　　今早，雪子从女佣那里听说，昨夜有六对新婚旅行的夫妇下榻在这家旅馆，不过由于茶室靠近大海，距主房稍远，不太能听见杂沓的人声。小提琴伴奏的歌声也传不到这里来。

　　今天的阳光不知出于什么微妙的原因，一直到下午也没能让人看到昨天那碧波粼粼的星光般的闪烁。有七艘渔船出海。前头的船发出嗒嗒的马达声，后面拖着六艘船，从大到小，井然有序地排成了一列。

　　"这是一家人啊。"菊治微笑着说。

　　旅馆送给他们夫妇两双筷子。它们被包裹在折叠成鹤状的粉红色日本纸里。

　　菊治想起来似的说：

　　"那块有千只鹤图案的包袱皮带来了吗？"

　　"没有，全部都是新的。真有点不好意思。"

　　雪子说着，脸上泛起了一片红潮，把漂亮的双眼皮直到外眼角都染红了。

　　"发型也不同了嘛。不过，贺礼里有带着仙鹤图案的东西。"

三点前,他们驱车前往川奈。

许多渔船驶入网代港,有的船身涂成了白色。

雪子回首眺望热海,说:

"海的色彩真像粉红色的珍珠呀。颜色十分相似啊。"

"粉红色的珍珠?"

"是的,耳环和项链都是粉红色的。拿出来看看好吗?"

"到饭店后再说吧。"

热海的山的皱襞,阴影深沉。

有个男人蹬着自行车迎面而来,车后挂着装有柴火的双轮拖车,他的妻子坐在双轮拖车上。

"真想过那样的生活啊!"雪子说。

菊治觉得有些难为情,心想,雪子此刻是不是也在想和心爱的人结为夫妻,即使受苦受累也心甘情愿呢?

沿路看见成群的小鸟,在海岸边成排的松树间飞来飞去。鸟儿的飞速几乎与汽车相同,汽车稍快些。

雪子发现,早晨从伊豆山的旅馆下方出海的七艘曳船,原来驶到这种地方来了。也是从大到小那样排列着,真像谦恭的一家人,一直延伸到近岸处。

"它们好像是来和我们会面的。"

雪子对这样的船只也涌起一股亲近感,她此刻的喜悦心情,使菊治感到一股温馨,大概这就是一生中最幸福的日子吧。

去年夏天到秋天,菊治到处寻觅文子的踪影,在不知是寻得累了还是割舍不得的时候,雪子独自来访了。菊治宛如在黑暗中生活的人见到了阳光似的,顿觉光辉耀眼,又有点儿诧异。雪子虽然很含蓄、节制,但是从此以后她就不时地前来访问了。

不久,菊治收到了雪子的父亲给他寄来的信。信中提道:"你似乎与我女儿有来往,不知你是否有结婚的意思。早先曾通过栗本近子商谈过婚姻事宜,我和内人都希望女儿前往她最先想去的地方。"这封信表明她父母担心他们两人的交往,也可以理解为对菊治有所警惕,但也代为传递了女儿的意思。

自此至今,已过了整整一年。菊治始终在等待文子的心情和渴望娶雪子的心情之间徘徊。然而,那时每当想起太田夫人,以及自己因为追求文子而陷于悔恨、垂头丧气,眼前就会出现千只白鹤飞舞在早晨的天空或是黄昏的上空的幻影。那就是雪子。

为了观赏曳船,雪子向菊治这边走了过来,而后就没有再回到原来的座席上。

在川奈饭店里,他们被引领到三楼尽头的房间。两面没有墙壁,都是眺望景致的玻璃窗。

"海是圆的呀!"雪子开朗地说。

原来,水平线和缓地画出了一个圆圈。

可以看见草坪中的游泳池对面，有五六个身穿淡青色制服的女捡球员肩扛高尔夫球袋，走了上来。

透过西面的窗户，可以望见展现在眼前的攀登富士山的路线。

他们想走到宽阔的草坪上。

"好强劲的风啊！"菊治背向西风说。

"没关系，管他刮什么风呢。咱们走吧。"

雪子用力拽着菊治的手。

折回到房间后，菊治就进入浴室。这期间，雪子梳整了头发，换了件衬衫，准备去餐厅用餐。

"戴上这个去吗？"雪子说着，将珍珠耳环和项链让菊治看了看。

用过晚餐后，他们在日光室待了好一会儿。这是一间伸向庭园的椭圆形大房间，但这是平日，房间内只有菊治他们，四周围着帷幕。有一对绽开的山茶花盆栽，伸向椭圆的前方。

然后他们又来到大厅里，落座在壁炉前的长椅子上。壁炉里燃烧着大劈柴。壁炉的上方，还是放置着一对盆栽，绽放着大朵君子兰。早开花的红梅树则漂亮地养在长椅后面的大花瓶里。高高的天花板上也是英国式的木构件，看上去十分调和。

菊治靠在皮椅上，长久地凝视着壁炉里的火焰。雪子也目不转睛地盯着，把脸颊烘得火辣辣的。

他们折回房间的时候，厚厚的帷幔已经拉上了。

房间虽宽敞，却是个单间，雪子只好在浴室处更换衣裳。

菊治依然穿着旅馆备好的浴衣，坐在椅子上。雪子换上睡衣，不觉间站到了菊治的跟前。

她穿一身自由型的和服，袖子稍短，袖口呈圆形，像是元禄袖，和服料子像是西服质地的新款花样，在带点儿古雅风趣的朱红色上散落着白色的小纹，着实是一派纯真的感觉。她系上一条柔软的绿色缎子窄腰带，活像一个洋娃娃。在红里子的内里露出了洁白的浴衣。

"这和服真漂亮呀。是你自己设计的吗？元禄袖？"

"同元禄袖有点儿不一样。这是我随便制作的。"雪子说着，走向梳妆台。

房间里只留下梳妆台上的灯光，他们在微亮中进入了梦乡。

当菊治蓦地睁开睡眼时，传来咚的一声巨响。强风在呼啸。庭园的尽头是悬崖绝壁，他想，可能是澎湃的波涛撞击悬崖发出的声响吧。

他朝雪子那边看了看。雪子不在睡铺里，她已伫立在窗际。

"你怎么啦？"菊治说着，也站起身来，走了过去。

"咚的一声响，让人毛骨悚然。海面上呈现出桃红色的火光哪。瞧呀……"

"那是灯塔吧。"

"我被惊醒了，害怕得睡不着，从刚才就起来看了。"

"那是波涛声。"菊治说着,把手搭在雪子的肩膀上,"把我叫醒就好了嘛。"

雪子的心仿佛被大海夺走了。

"瞧!桃红色的光在闪亮哪。"

"是灯塔嘛。"

"虽然也有灯塔,但是它比灯塔的灯还大,并且灯火是突然亮起来的。"

"那是波涛声嘛。"

"不对!"

听起来仿佛是波涛撞击悬崖发出的声响,不过,大海在冷艳的弦月月光照耀下,海面黢黑黢黑,静悄悄的。

菊治也观看了好一会儿,灯塔的闪烁同桃红色的闪光不一样。桃红色的闪光相隔时间长而且不规则。

"是大炮。我还以为是发生海战啦。"

"啊,是美国军舰在演习吧。"

"是吗。"雪子也信服了,但是她说,"真令人不快,太可怕啦。"

雪子放松了肩膀,菊治紧紧地把她拥抱住了。

弦月之夜的海上,风在呼啸。远方的桃红色火光闪烁过后,传来了一阵轰鸣声。菊治也毛骨悚然了。

"在这样的夜晚,不能独自一人观看啊。"

菊治用双手使劲地将雪子拥抱起来。雪子羞怯地搂住菊治的脖子。

菊治浑身仿佛被一股悲伤的情绪侵袭,他断断续续地说:

"我嘛,并不残废,我并不残废。但我记忆的污点和背德行为,这家伙不会饶恕啊。"

雪子像是昏睡过去似的,沉甸甸地依偎在菊治的怀里。

旅途的别离

一

菊治结束新婚旅行回家之后,在焚烧去年文子给他寄来的信之前,重读了一遍。

这封信是在往来于神户和别府间的"小金丸号"船上写的,时间是十月十九日……

你是不是在寻找我呢?请你宽恕,就当我已去向不明了吧。

由于决心不再与你见面,所以我想我是不会把这封信寄出去的。就算寄出去,也不知是哪年哪月了。我正前往父亲的老家竹田町。不过,这封信即使到达你的手里,那时候,我也早已不在竹田町了。

父亲也于二十年前离开了故里,我不了解竹田町。

岩山环绕竹田町

秋天河川流水声

山洞天然一城门

出入竹田此必经

竹田洞门内与外
芒草处处白茫茫

我只是凭着与谢野宽和晶子的《久住山之歌》以及父亲的话，在自己的心底把它描绘出来而已。

我将回到见了也不认识的父亲的故乡。

据说久住町有个人在童年时就认识父亲，这个人写了这样一首歌：

故乡山川心灵美
潺潺流水总低回

高天碧野尽辽阔
色彩浸染儿时我

孤身只影苦寂寞
山峰披戴白云朵

叛逆之心猝然逝

祈愿卿子永安逸

这首歌也吸引着我返回父亲的故乡。

久住山岳心魂荡

宛如接近大师旁

安于贫穷此人群

有心请教秀山峰

久住山岳猝失踪

山影不锁云雾浓

与谢野宽的这首歌,也把我吸引到久住山(也写作九重山)来了。

虽然我也写了《叛逆的心》一歌,但是我的心没有对你叛逆。如果说有一颗叛逆的心的话,那是针对我自己的,或者是针对我自身的邂逅的。就连这个,也远比叛逆的心更加悲伤。

更何况从那以后进入三月,我只顾为你"祈祷安详"。我不应该给你写这样的信。这可能是给我自己写的,却安上了你的身份吧。待把信写完,说不定会把它扔到海里。或许它是一封不可能写完的信。

侍者逐一把大厅的窗帘拉上。大厅里除了我之外,只有两对年轻的外国夫妇,他们坐在另一头。

我是独自一人旅行,就买了头等舱的船票。因为我不喜欢同众多的人在一起。头等舱是两人一间舱室,同舱室的客人是别府观海寺温泉旅馆的老板娘。据说她是去侍候嫁到大阪的女儿坐月子回来的。

在大阪无法成眠。我本想睡上一大觉再乘船的。折回餐厅不久,又回到舱室里,躺倒在床上了。

我们的"小金丸号"驶出神户港的时候,看见一艘名叫"苏伊士之星"的伊朗轮船开进港口来。这是一艘形状很奇特的船。

同舱室的老板娘告诉我说,可能是一艘客货轮吧。我心想,时势已到连伊朗船也可以开进来了吗?

随着船开出港口,只见神户的市街和后面的山坡逐渐笼罩在黄昏的氛围里。这是秋天,白昼短。一到夜间,海上保安官就用广播提醒人们注意安全。当局对待船内的赌博,绝对不放松管理,受害者也遭受处罚……

今天进行赌博的可能性非常大。内行的赌博者多半乘坐三等舱吧。

温泉旅馆的老板娘熟睡了,我便到大厅里来。两对外国夫妇中,有一个是日本女人,她的丈夫不是美国人,好像是欧洲人。

我突然泛起一个念头,干脆同外国人结婚,远走国外不是更好吗?

胡思乱想些什么?我吃惊地对自己说。就算是坐船的缘故,结婚之类的事毕竟也是意想不到的。

那个日本女人像是好人家出身,她试图模仿西方人的表情和动作,看样子还相当卖力。就算情况并不坏,但在我看来还是有点装模作样。可能她已经意识到同西方人结婚是一种自豪,这才促使她做出那样的表现吧。

然而,这三个月期间,我不知道什么东西会使我动心。想起在那茶室前的石制洗手盆处将志野筒状茶碗碰碎了的事,简直羞愧难当,几乎昏厥过去。

当时我说,还有比这更好的志野茶碗。那时候,我当真是那样想的。

我把志野水罐作为纪念母亲的遗物送给了你,你高兴地接受了,我无意中也想把筒状茶碗一并送给你,但是,后来我想到还有更好的志野茶碗,就感到坐立不安了。

你曾这样说:"照这样说来,就只能把最好的东西送人啦。"我当时确信你所说的这个"人",仅限于菊治你。因为我只有一个念头,那就是只想使母亲更美好。

只是，想使母亲更美好之外，死去的母亲和留下的我，那时候已经是无可救药了。我后悔不迭，在那种紧张的心情或者说像是被什么东西迷住了的心情下，将那不是太好的筒状茶碗作为母亲的遗物送给了你。

时过三个月的今天，我的心情也变了。虽然不知是美好的梦破碎了呢，还是从丑恶的梦中清醒过来了，但在碰碎那只志野茶碗的时候，我心想，母亲或我们的一切都同你诀别了。打碎了志野茶碗虽然是很羞愧的事，不过也许是一件好事呢。

那时候我说，茶碗口沾上了母亲的口红……使人感到这仿佛是一种疯狂的执着。

随着时间的推移，我脑海里留有令人毛骨悚然的记忆。我记得父亲还健在的时候，栗本师傅曾到过我家，父亲把黑乐茶碗拿了出来，我记不太清了，好像是个叫长次郎的东西。

"哎呀，全都长霉了……茶席后没有好好拾掇，恐怕连茶碗使用过后也没洗涮就收起来了。"师傅皱眉说。茶碗的一面露出了枯萎的菖兰花色彩似的斑点。

"用热水洗过了，也洗不掉。"

她将濡湿了的茶碗放在膝上，目不转睛地凝视着，突然用手挠了挠头发，然后用这只油手将茶碗转动着擦拭了一遍，霉渍消失了。

"啊！太好了，您瞧。"师傅挺得意地说，可是父亲却没有将手伸过去。

"你做了污秽的处理,讨厌呀,看了很不舒服哪。"

"我好好地把它洗洗。"

"再怎么洗也让人讨厌啊!用它可提不起喝茶的兴趣来。如果你喜欢,就送给你吧。"

幼年的我就坐在父亲的身旁,记得父亲很不愉快。

后来听说师傅把这只茶碗卖掉了。

女人的口红沾在茶碗口上的事,我觉得同这件事一样,都是很不吉利的。

请把母亲和我的事都忘了吧,但愿你能同稻村雪子喜结良缘……

二

于别府观海寺温泉，十月二十日……

如果乘火车从别府经大分去竹田就快些，但是我想"靠近些"观赏九重的群山，就选择了这样一条路线——越过位于别府后面的由布岳的山麓，从由布院到丰后中村这段乘坐火车，进入饭田高原，翻山往南走；从久住町直奔竹田。

竹田虽说是父亲的故乡，但对我来说却是个未知的市镇。此刻父母都不在，也不知道人们会怎样迎接我。

父亲曾经说过，这个市镇给人的感觉像是心灵上的故乡。也许正像与谢野宽夫妇写的那样，它是个四周岩壁环绕、出入钻洞门的市镇。

若是母亲还在，也许她会详细地告诉我。据说在我出世之前，父亲只带母亲到这里来过一次。

我宽恕你父亲与我母亲的时候，觉得仿佛背离了我父亲。但是为什么我却被父亲的故乡、对我来说是异乡的市镇吸引了呢？此刻我还迷恋着这个既是故乡又是异乡的市镇吗？难道我认为，在父亲故乡的市镇里，有可供母亲和我赎罪的清泉吗？

《久住山之歌》中也有一首歌曰：

来到父前未叩首

只顾仰望故乡山

    我在想,当我宽恕你父亲与我母亲的时候,也就孕育着后来母亲和我的错误了。它是不是简直就像诅咒一般抓住你来折磨呢?不过,任何罪过或诅咒都是有限的,我打碎志野茶碗那天,觉得它意味着我们的关系已经结束了。

    我平生只爱过两个人,那就是母亲和你。一提我爱过你,也许你会吓一跳吧,连我自己都很吃惊。不过我想,把它隐藏起来会不会反而不能为"那个人"祈祷安详呢?你为我所做的事,我既没有责备你,也没有埋怨你。我只是想,我的爱受到了强烈的报应,受到了最严厉的惩罚。我任凭我的两种爱尽情驰骋,一个是死,一个是罪。难道这就是我这个女人的命运吗?母亲以死来清算自己,可是我却背负着它逃走了。

    当我极力制止母亲去见菊治你的时候,母亲口头禅似的说:"啊!真想死掉算了。"

    母亲曾威胁我说:"你要让我死吗?"自从母亲在圆觉寺的茶会上见了你之后,她就已经抱有自杀者的心情。从我碰碎志野茶碗那天起,我也就懂得了她这种心情。母亲会见你,是她自杀的根源,然而母亲却一心只想见你,这是同她那朝不保夕的生命联系在一起的。我阻止她这样做,所以是我迫使母亲寻死的。从碰碎志野茶碗那天起,我也成了一个抱有自杀者心情的人,因此越发理解母亲了。我曾想过,如果母亲不死,恐怕我早已死了。正是母亲的死,才使我不死。

那时候,我将志野茶碗碰在石制洗手盆上打碎了,当时只觉得一阵神志昏迷,差点儿就瘫倒在石头上,是你支撑着我没有倒下去。

我呼唤着母亲,这声音你可曾听见?也许我根本就没有发出声来。

你说不能回去,又说送我回去,我只顾摇头。

我仿佛在说,我们也不会再见面了,然后就逃走了。归途中,我冷汗浃背,我真的准备死了。我不是怨恨菊治你,而是感到自己走投无路,已经没有前途了。我的死同母亲的死联系在一起,这似乎是理所当然的。如果说母亲是因为忍受不了自己的丑恶而死,那么我觉得自己也是这样的。但是,有时候觉得莲花也会在懊悔的火焰中绽开。我爱你,你无论对我做些什么,理应不至于是丑恶的。我犹如夏季的飞蛾扑火。母亲觉得自己丑恶而死去,我却觉得母亲是美的,大概就是在这种梦幻中丧失了自己。

只是,我同母亲不一样,母亲见过你一次之后,心情就平静不下来,总想再见你。然而我只见你一次,梦就破碎了。我的爱在开始的同时就结束了。与其说是控制住感情原地踏步,不如说宛如被推倒,被抛弃了。

我在想，啊！不行。母亲已经死了，我也完了。但愿你同雪子喜结良缘啊，这样对我也是一种拯救。

假如你还在寻找我，或追逐我，那么我只得自杀。这样说，听起来也许是自我式的，但正如我只把母亲想象得美而忘我一样，我希望能把我们从你周围全部拂去。

栗本师傅说过，母亲和我是菊治结婚的障碍。这一点，在我清醒后才真正明白过来。师傅还曾说过，菊治同我母亲会面之后，整个性格都变了。

打碎志野茶碗的当天晚上，我一直哭泣到翌日清晨。我去朋友家，要求她同我一起去旅行。

朋友大吃一惊，问道："你怎么啦？眼睛都哭肿了……令堂辞世的时候，你都没有这样哭过，不是吗？"她陪我一起去了箱根。

不过，比起那时候，或比起母亲去世的时候，使我更悲伤的是我孩提的时候。那时刻正是栗本师傅到我家里来责骂我母亲，要求我母亲同你父亲分手。我听见后在背地里哭了起来，母亲抱住我来到师傅跟前。我讨厌极了。

"妈妈正遭到别人欺侮，不是吗？你在背后哭泣，妈妈怎么受得了呀，让妈妈抱抱你。"

母亲这样说。我在母亲的膝上，没有好好瞧师傅，只顾把头埋在母亲的怀里。

师傅嘲笑着说:"哼,连童角也搬出来了吗?"

"你是个聪明的孩子,三谷大伯是干什么的,你很清楚吧。"

我摇摇头说:"不知道,不知道。"

"怎么可能不知道?大伯已经有了妻子。你妈妈很坏,对不对?大伯有个孩子比你还大哪。连那个孩子也恨你妈妈呢。如果让学校的老师和同学知道你妈妈的事,多羞耻呀。"

母亲说:"孩子没有罪。"

"要让孩子无罪,那就要按无罪的样子去培育她嘛,怎么样……无罪的孩子怎么哭得那么精彩呢。"

当时我才十一二岁。

"你没有为孩子做过什么好事。真可怜……难道你打算让她在见不得人的环境下成长吗……"

当时我小小的胸膛简直像被撕裂了似的,悲伤极了。我觉得那种难受,要比母亲的死,要比同你分手厉害得多。

中午时分抵达别府,乘上公共汽车绕地狱温泉游览了一周。所幸有了同船同室的缘分,我住进了观海寺温泉旅馆。

今早航行在伊予海,十分宁静。阳光照射在舱室的窗上,我脱了外套,只穿一件衬衫,还是汗流浃背。进入别府港,从左侧的高崎山一直连到右侧,像拥抱着市镇的山峦,活像一个大而圆的波涛,我觉得装饰式的日本画中的波涛图就有这样的景象。观海寺温泉在僻静的山麓，从洗澡间可以一眼望见市镇和港口。我感到惊讶，竟有这样宽阔而明亮的温泉场。乘坐公共汽车环绕地狱温泉，车票一百元，参观票一百元，周围有十五六处地狱温泉，其中很多是私有的，还有个叫"地狱组合"的行会。乘车环绕一周，费时两个半钟头。

在地狱温泉中，有被称为血池地狱和海地狱的温泉，说不上是妖艳还是神秘，那温泉的水色简直无法形容。血池地狱的水色简直像从底层喷出的血化成透明的泉水似的，那血色是鲜活的，而且池子里冒出了温泉的热气。海地狱温泉池，色彩像海一般，缘此而得名的吧，我还未曾见过像这样清澄宁静的浅蓝的水色。在远离市镇的山间旅馆里，夜深人静的时候，试想着血池地狱和海地狱不可思议的色彩，恍如梦幻世界中的一泓泉水。如果说母亲和我迷惘在爱的地狱里的话，那么不知那里会不会有如此美丽的泉水呢。地狱温泉的色彩使我精神恍惚。我暂且在此搁笔。

三

于饭田高原筋汤，十月二十一日……

在高原幽静处的温泉旅馆里，我在毛衣外又披上一件旅馆的宽袖长棉和服，尽管如此，天气骤冷，夜间还是寒气逼人，我将身子靠近火盆边。这旅馆像是火灾后随即修缮过的，门窗开关也不灵。这家筋汤温泉位于上千米高处，明天我将越过一千五百米的山岭，下榻在一千三百米处的温泉旅馆，虽然在东京已经做好了御寒的准备，但是这里同今早刚离开的别府的温差是多么大啊！

明天到九重山，后天终于将到竹田。我想，不论明天在旅馆里还是在竹田町，我都会继续给你写信的，但是我最想对你说的是什么呢？我写的应该不是旅行日记。九重的山和父亲的故乡会让我说些什么呢？

也许是想说诀别吧。不过，我深深知道，对我来说，无言的诀别是最好不过的。虽然我同你似乎没有说太多的话，但是我觉得仿佛已经说了很多很多。

但愿你能原谅母亲。我每次与你相会，总为母亲的事向你道歉。

为了求得你的原谅，初次拜访你家的时候，你对我说，你早就知道我母亲有我这样一个女儿。

你说你曾想象过同这位小姐谈论你父亲的事。

你说:"关于我父亲的事固然要谈,有朝一日能同你谈谈你母亲的事该有多好啊!"

终于没有这样的机会,而且永远失去了这样的机会。如果同你相会是谈你父亲和我母亲的事,此刻我会因为悔恨和侮辱而颤抖不已的。因为不能谈论父母的事。那样的孩子们能相爱吗?一写到这些,我不禁泪如泉涌。

在我十一二岁的时候,从听到栗本师傅责骂说"三谷大伯"有个儿子之后,这句话就深深地铭刻在我心上。然而,我一次也不曾提起过"三谷大伯"和他儿子的事。因为我觉得说出来不好。这男孩是不是已奔赴战场,我这个小女学生怎么好去打听呢。

空袭频仍。之后,你父亲总是到我家里来,我不时担心万一那个孩子也像我一样成了没有父亲的孩子,所以经常要送你的父亲走一程。我不时地想,那孩子已经长大成人,甚至可能已被征兵了吧。可是,不知怎的,我总觉得他还是个少年。大概是师傅第一次谈到那个孩子时,我那股难受劲儿传遍了整个身心的缘故。

我母亲是个无用的人,我得出去采购。在你推我搡的粗野的乘坐火车的人群中,我发现了一个美人,我紧挨在她身旁。我们闲聊了诸如从哪儿来到哪儿去买什么之类,几乎连身世的话题都聊到了。

"我是人家的妾哪。"

可能是听了美人坦率的话语的缘故吧。

"我也是妾的孩子。"女学生这么一说,美人大吃一惊。

"是吗?不过,能长这么大,太好了。"

她似乎误解了"妾的孩子"这句话。我只是面红耳赤,没有加以改正。

她觉得我招人爱,每每约我一同去采购,我们两人也曾从她的故乡新潟县的农村运输大米。她使我难以忘怀。

长这么大有什么好呢?我最终还是没能同你谈谈你父亲和我母亲的故事。

传来了瀑布声。有几处温泉,人们让倾泻下来的瀑布冲打着自己的身躯,并称作"挨打"。据说,可以起到舒筋活血的作用,人们缘此而朴素地称它为筋汤吧。旅馆没有设室内温泉浴室,只好走进大的公共浴场。这里是涌盖山与黑岩山之间的山涧深处。仿佛夜间山中特有的凉爽空气降了下来。这里与别府的血池地狱和海地狱那梦幻般的色彩不同。今天我观赏了山上美丽的红叶。从别府后面的城岛高原观赏由布岳也很美,从丰后中村站攀登饭田高原,一路上可以欣赏九醉溪的红叶。爬过了十三道弯,猛然回首,只见逆光使得山后和山的皱褶的颜色越发深沉,红叶更美了。从山间照射过来的夕阳,使红叶的世界显得庄严肃穆。

我想,明天高原和山涧都会是大好天气的。我从遥远的山涧旅馆，遥祝你睡个好觉。我外出旅行之后，已经三天没有做梦了。

从打碎志野茶碗的那天晚上起，我就住在朋友家里，待了三个月，夜夜难以成眠。我觉得在朋友家长住，太麻烦人家了。这位朋友还将我在上野公园后面租赁的房间里留下的一点行李取了回来。

从这朋友那里听说，第二天就有人搬进公园后面的房间了。可是，为什么我要悄悄地逃走呢？关于这一点，我也无法对朋友说。

我顶多只能说，"我爱上了不能爱的人"。

"可是，你是被爱着的吧。一般来说，被不能爱的人所爱之类的话都是假的啊，对不对？女人喜欢编造这种谎言。不过你的嘛，我就当是真的吧……"从朋友的话听来，也许是这样的意思——不能爱的人，在这个世界上是绝对没有的。也许她的话是对的。比如倘使我母亲那样打算死的话……

然而，试图美化母亲的我，能够把她带到什么样的地方去，我想你是最清楚的。就算不是带去，而是自己去，这是不是确实难以辨别，我还不晓得。自己做的事，自己能说确实难以辨别吗？另外，即使从旁观察别人所做的事，能说确实难以辨别吗？当神灵或命运宽恕人之所为的时候，是不是就说确实难以辨别呢？

虽然我觉得写下来不好，但是我所依靠的朋友，先前曾同一个男子做过错误的事。也许因此才是可以信赖的。正因为这样，她很快就察知我的情况。然而，她不可能知道我已被卷进后悔的旋涡中。

大概在某些地方，我也像母亲那样有点漫不经心吧，我逐渐快活起来，朋友也就同意我下次独自去旅行了。

我觉得女人独自一人在旅馆歇宿，比起同母亲两人在一起或母亲辞世后一人过日子来更加潇洒。不过，一到晚上，不安和孤单惆怅的情绪还是会爬上心头，促使我写这封没有发信人地址的信。从此以后，我沉默了三个月，可是现在又想说些什么呢？

四

于法华院温泉，十月二十二日……

今天我越过海拔一千五百四十米的山巅——诹峨守越。在海拔一千三百零三米的法华院温泉旅馆下榻。据说，这里是九州最高的山上温泉。我到竹田町的旅行路程，今天将要翻山越岭。明天下山经久住町前往竹田。

大概是在高原的阳光下行走，或者是这里的硫黄气味浓重的缘故，我觉得今晚有点累了。不光此处温泉的硫黄，连诹峨守越旁的硫黄山的烟雾，也随风飘忽过来，据说银制的钟表一天之内就会变黑。

昨天早晨温度五摄氏度，今天早晨四摄氏度……据旅馆的人说，今晚会比昨夜更冷。早晨不知是几点，看了温度计，黎明前的气温也许会下降到接近零摄氏度。

不过，我订的是二层的僻静房间，玻璃窗是双层的，可以防寒。旅馆备好的宽袖长棉睡衣很厚，火盆里的火也很旺盛。比昨晚在筋汤更舒服些。只是寒山的夜间冷空气一阵阵地侵袭而来。

法华院的旅馆是单独建的房子，这是个连邮政信件和报纸都送不到的地方，距村庄十多千米，最近的人家也远在五千米开外。去小学得走十几千米的路程，所以这里孩子一到上学年龄，就得寄宿在山下的村庄里。

旅馆里有两个孩子，据说当哥哥的六岁，妹妹四岁。可能我是个独身女人的缘故吧，不久孩子的祖母就来和我攀谈。两个孩子也跟着一起来，争相坐在祖母的膝上，起先是妹妹骑坐在祖母膝上，祖母搂抱着她。可是，男孩子企图把妹妹推开的时候，妹妹就猛烈地反击哥哥，然后互相追逐，相互扭打。哥哥有一双漂亮的眼睛。四岁的小妹妹瞪着一双严厉的大眼，挂着一张坚强的面孔，猛然摆开应战的姿势。也许是山上阳光强烈，目光才变得那样严厉吧。

我说："附近没有一个是您家孩子的小伙伴吧？"

"要到十几千米以外的人家才有孩子呢。"

祖母说，小妹妹出生的时候，当哥哥的说："妈妈明明和我一块儿睡，可还是有了这个孩子。"

据这位祖母说，婴儿一出生，小哥哥就想睡在婴儿身旁。但是，小男孩现在是同祖母一块儿睡。冬季期间，旅馆关门，也许会下山到村庄里去。不过，在山中孤独的环境下成长起来的孩子那严峻的目光，把我吸引住了。孩子们长着圆乎乎的漂亮脸蛋。

我突然意识到自己是个独生女。

我出生之后，始终是独生女，已经习惯了，平日没有察觉。可能不是没有察觉，只是过去不曾深入思考过这个问题。女孩子希望有个哥哥这种感伤也逐渐消失了。连母亲辞世的时候，我也没有想过如果有个兄弟就好了,而是马上给你打了电话。你说你是母亲那样死的帮凶。事后回想起来,母亲的死,责任似乎在你……如果我有个哥哥,我想就不会是那样子。如果我有个哥哥,母亲也许不会死,至少我不会陷入那种罪恶的悲伤。现在我尝试着认为自己仿佛觉醒了,并为此感到震惊。独生女的我无疑不应该依赖你,可我却过分依赖了。

独生女的我,单独地歇宿在山中的房子里,想呼唤都不曾有过的哥哥这种心情袭击着我。就算不是哥哥,哪怕是姐姐或弟弟也好,只要有兄弟姐妹就行。想呼唤没有来到这个人世间的兄弟,这种心情是很可笑的吧?

提起独生女,我迄今还不曾想过你也是个独生子。即使你父亲到我们家里来,也没有谈起你们家的事,也不曾告诉过我们你是独生子。记得有一回,他对我说:

"没有兄弟姐妹很寂寞呀。如果有个弟弟或妹妹就好了。"

我的脸色顿时煞白,身子哆哆嗦嗦,战栗不已。

"真是的……太田弥留之际,似乎觉得只有一个独生女,可怜极了。"

母亲是老好人,随声附和,她也察觉到我的模样,吓得倒抽了一口气。

我感到憎恶和恐怖。当时我可能是十四五岁,已经很了解母亲的事。我想,你父亲是指生一个与我同母异父孩子的意思。现在回想起来，恐怕是我胡猜乱想吧。也许你父亲是想起了自己的独生子的事。也许他是在想母亲和我两个人太孤单寂寞了。然而，我当时的心情是很骇人的。我暗下决心，如果母亲生孩子，我一定把那个婴儿弄死。那时想杀人，这种想法是空前绝后的唯一一次。也许当真会杀人。虽然不知道这是憎恶、妒忌还是愤怒，但却是少女纯真的战栗。看样子母亲似乎有所感触。

她补充说："我请人家给看过手相，说我命中只有一个孩子。一个就足够的好孩子。"

"那是啊，不过……独生子有这种倾向：容易不理人，容易自己孤独过日子啊。容易坠入自我的圈子里，不善于与人交际。不是吗？"

也许你父亲看到我板着脸沉默不语才这么说的。我将视线从你父亲脸上移开，避免了说话。我像母亲，不是个忧郁的孩子。即使快活的时候，你父亲一来，我也立即沉默下来。母亲对这孩子的这种抗议，大概是很难过的。你父亲说的也许不是我，而是你的事。

然而，如果我想要杀掉的孩子生下来的话，那么将会是怎样呢？这婴儿既是我的弟弟或妹妹，也是你的弟弟或妹妹……

啊，多么可怕！

我走过高原，翻越山巅，这种病态的思绪，理应获得了清洗。我理应在"美好的天气"里走过来。

"……天气真美好。"

"……啊！天气确实美好。"

今早，从筋汤出来不久，在路上我听见了村里人这样的寒暄。这一带，人们把"好天气"称为"天气真美好"。语尾说得很清楚。我的心也做了爽朗的寒暄。

的确是美好的天气。在旭日的照耀下，路旁绵延一片的狗尾草和芭茅草呈现一派银色，清澈透明。槲树的红叶也闪烁着光芒。左侧山麓的杉林间树荫深沉。母亲在割稻子，让身穿着红色和服的幼儿坐在那铺在田埂的草席上。孩子背后的白色口袋里装着食品，玩具也放在草席上。这一带寒冷天气来得早，插秧也早，据说人们是一边烧火一边插秧。但是，今早很暖和，还能看到幼儿在草席上晒太阳。因此我只换上胶底帆布鞋，不需要做御寒的准备。

筋汤有多条登山路线，登山巅可能有近路。不过，我决定来到饭田邮局和学校的附近，从高原的中央悠然自在地边走边眺望九重的山恋。我不登山，只从诹峨守越向法华院走去，我的脚也就踏上了轻松的行程。

所谓九重山，就是从东边数起，有黑岳、大船山、久住山、三俣山、黑岩山、星生山、猎师岳、涌盖山、一目山、泉水山等相接相连的山峰总称。群山的北侧一带，就是饭田高原了。

虽说是群山的北侧，涌盖山等向西边绕去，崩平山等在高原的北面，高原被群山环绕，或者说被四面的群山支撑着浮现了出来，有圆形的高原之称。这高原，简直就像浮现出的美丽的梦一般的国度。红叶漫山尽染，芒草穗的白波在荡漾，可是我却感到高原上飘荡着的仿佛是温柔的紫色。这高原的高度约莫一千米，东西或南北的宽度大约八千米。

我横跨高原的南北，来到了这广袤的原野，在正前方的三俣山与星生山之间，可以遥望硫黄山的烟雾。群山清晰可辨。右侧的涌盖山的上空，只飘忽着几朵淡淡的白云。从离开东京的那一刻开始，我就盼望着享受这高原的"好天气"，我感到很幸福。

过去我只知道信浓高原，正如许多人所说的，饭田高原实在很罗曼蒂克，令人流连忘返。柔和、明媚，把你引入遥远的遐思，让你仿佛静静地投入内心的怀抱。南面绵延不断的群山也是柔和的，其风姿是高雅的。记得进入别府港时，我的心被拥抱着市镇的绵延山峦的魅力吸引，而在饭田高原上看到九重的群山，它们的高度使我感受到一种意想不到的亲切的调和。可能是它们的分布能保持均衡的缘故。久住山海拔一千七百八十七米以上，是九州第一高山。大船山海拔一千七百八十七米，是九州第二高山。这两座高山深深地锁在云雾中。三俣山和星生山的高度也在海拔一千七百四十米到一千七百六十米之间。此外，海拔在一千七百米以上的山，好像还有十座。但是，人在海拔上千米的高原上，与高度相差不算太大的山比肩而立，也许就比较容易望及了。另外，这里是南国，距离大海不太远，高原的色彩也就很明朗了。

来到高原中部的长者原，我在松树林荫下休息了好长时间。长者原散落着一处处稀疏的松树林，我被草原上的松树吸引。走了一阵子，又在松树林荫下吃起了盒饭。午饭时间有点儿晚，已经约莫下午两点了吧。我环视着一大片宽阔的草红叶，从我的位置看去，接受阳光照耀的地方和逆光的地方，幻化出微妙的色彩。群山的颜色也各有差异，红叶色泽浓重的山，活像烧色玻璃。于是，我仿佛处在大自然的天堂里。

"啊！到这儿来太好了。"我不禁说出声来。我潸然泪下，芒草穗的浪波还在朦胧中闪烁着银光。不过，这不是弄脏悲伤的泪珠，而是洗刷悲伤的眼泪。

我思念你，为了同你分手，才来到这高原和父亲的故里。我思念你，就难免纠缠着懊悔和罪恶，这样就无法同你分手，也就不能开始新的人生。请原谅，我来到这遥远的高原，依然在思念着你。这是为了分手的思念。我在草原上漫步，一边观赏山色，一边还在不断地想念你。

在松树林荫下，我深深地思念你，心想，假如这里是没有屋顶的天堂，能不能就这样升天呢？我盼望着永远不要再动了。我全神贯注地祈祷你的幸福。

"请你与雪子姑娘结婚吧。"

我这样说，就同我内心的你分手了。

纵令今后可能会抱着很丑陋或龌龊的心情想起这件事来，我也不可能忘怀你。我认为，当我在这个高原上想念你的时候，我已经能同你分手了。今天，母亲和我已经从你那里完全消失了。最后请让我再说一声道歉的话。

请你原谅母亲吧。

从饭田高原越过诹峨守越，还要爬上三俣山山麓，不过我选择了运输硫黄的道路。随着接近硫黄山，便渐渐看到这座姿容可怕的山了。从远处也能望见宛如喷火的硫黄烟雾。那宽广的山腰一带喷出硫黄，直到山脊都不长一根草，山被烧焦，岩石地完全荒废，山的表层也都发黑了。没有光泽的灰色、褐色，给人一种废墟的感觉。它左侧的小山上，人们正在开采自然的硫黄——在喷气孔上安一个圆筒，把筒口像冰柱般垂下的硫黄刮下来。我从那个开采场的烟雾中穿过去，迈过到处都是赤裸岩石的路，终于抵达了山巅。

从山顶向北千里滨走下去，猛然回头，只见太阳从山峰那边逐渐西沉，硫黄的烟雾让太阳仿佛成了罩上一层白面纱的月亮妖怪。前方是大船山美丽的红叶，呈现一幅织锦般的日暮时分的景致。接着从陡峭的斜坡走下去，便是法华院温泉。

今晚这封信写得很长。因为我想把分别后在高原一天的毫无邪念的情况都告诉你。请不要惦挂我，好好休息吧。

五

于竹田町，十月二十三日……

我来到了父亲家乡的市镇。

今天傍晚，我从岩石山的洞门跨入了竹田町。从法华院温泉绕久住高原走下来，从久住町乘坐公共汽车到竹田，费时五十分钟。

我在伯父家歇宿。这是父亲出生的家。我第一次看到父亲出生的家，顿觉不可思议。我觉得这个市镇既是故乡，也是异乡。不过，当我看到酷似父亲的伯伯时，眼前仿佛浮现出阔别十年的父亲的面影，如今没有家的我，觉得好像又有家了。

当我说是从别府绕九重来到这里的时候，伯父他们都很吃惊。他们大概觉得一个女孩子家走山路，又住温泉旅馆，胆子也真够大的，虽然我也很想观赏山景，但是对到父亲的家里来这件事，也产生过犹豫。父亲辞世后，母亲同他们的关系就疏远了。也可以说，她处于同父亲那边的亲戚无法见面的境地。

伯父说："你如果从船上发封电报来，我们会去别府接你……我们这里距别府很近嘛。"我心想，我已发了一封信说过我将前去，但信没有电报来得快。

"弟弟死的时候你几岁？"

"十岁。"

"是十岁吗？"伯父一边反复地说，一边望着我，"你长得跟你妈一模一样，我很少见到你妈，不过看到你就会想起她来。我又觉得你什么地方很像弟弟，耳朵长得还是像太田家的耳朵啊。"

"见到伯父，我就想起了父亲。"

"是吗？"

"我将上班，上班就不能出去旅行。所以，我想在上班之前到这里来拜访一次。"

孤身只影的我，不想让人以为我是来谈身世的。我对伯父别无所求。伯父伯母也没有来吊唁母亲。从九州来也赶不及参加葬礼，再说当时采取的形式是不讣告亲友就埋葬……

我只是为了同与母亲有牵连的你分手，才想来父亲故里的，仅此而已。为了从母亲疯狂般的爱的旋涡中摆脱出来，我想回到健康的父亲的回忆里。然而，来到岩石山环绕的小小市镇，一进入黄昏时分，我不禁产生一种寂寞的感觉，宛如失败逃跑的人来到了与世隔绝的村庄。

今早在法华院多睡了一会儿懒觉。

"您早！"旅馆的人寒暄说，"一大早孩子们就在楼下'骚动'，您可能没睡好吧？"可我却什么都不知道。

那个目光严峻的女孩子也跟着侍者将早饭端了上来，贴近她祖母的身边坐着。据说，她今早从主房与另一栋房之间的一座桥上掉到水里了。桥与水面的距离高约十五尺。幸亏走运，落在三足鼎立的岩石之间，捡回了一条命，真算是得救了。

听说，她哭着说："木屐漂走啦，木屐漂走啦。"人们逗她说："再掉一次看看。"

"没有衣服啦，再也不干了。"

小河岸边的岩石上，晾晒着这女孩子的和服。那是一件粗糙的藏青底碎白花纹，上面还有蝴蝶和牡丹花样的红色长棉坎肩。看到阳光照射在这件红色长棉坎肩上，我感受到温馨生命的恩惠。竟那么凑巧，掉进了三足鼎立的岩石之间，这是什么驱使的结果呢？三足鼎立的岩石之间面积很狭窄，刚好只够容一个孩子的身躯。如果歪斜一丁点儿，就会撞在岩石上，即使不丧命，也会伤残的。孩子不知道这种危险和恐怖，她的身体哪儿都没有痛，显出一副若无其事的样子。坠落的凑巧是这个孩子，可我总觉得不是这个孩子。

我不能使母亲起死回生，然而，我总觉得什么东西使我还活着，为你祈祷幸福的这颗心便坚强起来。我想，这岩石之间也会有拯救人类免受侮辱和罪孽折磨的地方吧，就像这个孩子坠落而获救那样。

我抱着想要效仿这孩子的幸运似的心情，摩挲着她那满是浓发的娃娃头，然后离开了法华院。

大船山的红叶实在太美，所以我走访了坊鹤。这里是被三俣山、大船山、平治岳等山岭环绕着的盆地。我从与昨天相反的一侧观赏三俣山，一直走到筑紫山岳会的马醉木小屋一带。在马醉木的许多村落，生长着可爱的玉柏，有点类似土马鬃，高两三寸。我还发现了越橘和眼睛草。在大船山的红叶中，点缀着黑色的花儿，都是杜鹃花。据说有的树低矮地扩展到六叠那么宽。坊鹤也有很多露岛杜鹃花。这里的芒草又细又矮，花穗也只有一寸长。

听说今早山顶的温度降至零摄氏度，但是坊鹤阳光充足，红叶的色彩仿佛把盆地也温暖起来了。

折回旅馆附近，又从白口岳和立中山之间的立山山顶，下到了佐渡洼。这里是呈佐渡岛形状的盆地，许多蓟草都枯萎了。从佐渡洼沿锅破坂往下走到朽网别，视野便开阔起来，可以展望久住高原。在锅破坂，穿过杂树丛沿着石头路走下去，只听见自己踩踏落叶的声响。

沿途没有遇见路人，可以清晰地听见独自踏着自然大地前进的脚步声。来到朽网别，正是左侧清水山的红叶最美的时节。本来从这里可以眺望阿苏的五岳，可是现在它却被锁在云雾中。祖母山、倾山等连绵的群山隐约可见。但久住高原是方圆二十千米的草原，一直连接到遥远的阿苏北面的原野——波野原，广袤无垠。也就是说，从南边回首眺望九重（或久住）的群峰，峰峰都锁在云雾中。我从高度没过人的芒草丛中穿过去，路经放牧场，便抵达久住町了。

久住的南面登山口，有一座名字奇特的叫猪鹿狼寺的寺庙遗迹。

猪鹿狼寺也罢，法华院也罢，都是拥有几百年历史的灵地。九重的群山原本就是寺院、庙宇所在的灵地，我仿佛也是通过灵地走过来的，确实是太好了。

伯父家的人都入睡了。夜深人静，我也像在旅馆一样独自起床，但不可能把信永远地写下去。

晚安，请歇息吧。

六

于竹田町，十月二十四日……

在竹田车站上，丰肥线的火车每次进出车站的时候，总会听到《荒城之月》的歌声。市镇上的人说，泷廉太郎总是把这个市镇的冈城遗址放在心上，于是创作了《荒城之月》的曲子。据说，大约从一八九七年起，泷的父亲就在这里担任过多年的郡长，因此，廉太郎也曾进过竹田町昔日的高小学校。他在少年时代，大概也去游览过遗址吧。

泷廉太郎死于一九〇三年，享年二十五岁，是算虚岁。后年我便是这个年龄了。

我真希望二十五岁就死去。我好像在女校跟同学们这样说过。又好像是同学们对我说的。

《荒城之月》的词作者土井晚翠也于今年辞世了。在我来竹田町之前，听说人们在冈城遗址举办过晚翠的追悼会，还听说作曲的廉太郎和作词的晚翠曾在伦敦见过一次面。那还是我的父亲尚年幼的昔日，年轻诗人和音乐家的异乡邂逅是否与《荒城之月》有缘，我不得而知。不过，这两个人留下了美丽的歌曲。现在无人不唱《荒城之月》。然而，我与你也见过一次面，留下了什么呢？

像泷廉太郎那样的天才之子……我忽然这样想，自己也感到震惊。想象这种梦一般的事,并将这样的事写信告诉你,也许是我在父亲的故乡安定下来的缘故吧。然而,你可曾想过,女人心中总会为了万一的事情,不知出于害怕还是高兴而战栗。你可曾有过与我同样在心中浮现不安的时候呢?我身上那股意想不到的战栗,使我意识到自己是个女人。我甚至做过这样的梦——不告诉你,瞒着你,独自一人成长起来。我是母亲的女儿,我之所以这样,仿佛也是一种因果报应,我有时就决定做如此虚幻的精神准备。你吃惊了吗?是个女人的我,仅仅为这一点就消瘦了。但这种不安持续的时间并不长。

在竹田站,我只不过是听见《荒城之月》的歌声,想起那时候的战栗而已。

石山环绕竹田町

秋天河水流淙淙

今天我打算在市镇上转悠。走过旋荡着秋天河水流淌声的桥,就听见歌声,我被吸引着朝车站的方向走去。车站上好像什么地方在放留声机。昨天我从久住町不是乘火车而是坐公共汽车而来,所以没有听见。

河流在车站前面流淌,从车站折回桥上时,歌声还在继续旋荡。我驻足凭栏久久地凝视着河流。河流上游的左岸边,河滩的大岩石上立着一根柱子,成排的、像家畜窝棚般的房子伸向河面。我还看见妇女在岩石的一端洗衣服。车站后面紧贴着岩石山的山壁。一股像小瀑布似的流水从那岩石山表层倾泻下来。岩石山上有红叶,也有绿叶,星星点点地残留在各处。

我一边思念着你,一边在父亲家乡的市镇上到处转悠。对我来说,父亲的故乡已经不是陌生的市镇。昨天傍晚抵达的时候,我还不认识它,到了今天早晨,就知道它是一个很小的市镇。不论朝哪边走去,都会很快碰到岩石山壁。我觉得自己仿佛也被"放置"在四面环绕的岩石山当中似的。

昨夜,看到伯父使用的旅馆的火柴盒上印有"山清水秀,竹田美人"的字样。

"简直像京都呀。"我说着笑了。

"真的,正是竹田美人嘛。自古以来,这里就是盛行琴、茶道等技艺的地方。水也很干净,这里的人们管市镇里屋檐下的流水小槽叫作井出。你父亲童年的时候,早晨就用那个井出的流水漱口或者洗茶碗哪。"

人口仅有一万人的市镇,却有十余处寺院、近十所神社,也可以称得上是小京都了。

伯父说:"竹田美人也不在了,从前的人总要数数前去东京的人数。"我走在市镇上,看到的女子着实洁净标致。走到市镇的尽头,快到洞门的时候，只见岩石山上红叶尽染，可是耸立在洞门对面出口处的岩石上却长着绿色的苔藓，我还看见一个身穿白色毛线衣的美丽小姐从那绿色的前面走过来。

市镇中央的一条商业街，是铺着柏油的马路，悬挂着显得寂寞的铃兰形街灯，往一边拐过去，便是古老的市街，不远处的尽头照例是岩石山壁。石崖、白色的仓库、黑色的板墙，还有行将倒塌的围墙，令人感到这是一个古老的市镇，可是据说在一八七七年的西南战争中，整个市镇已被战火洗劫，只有山麓上留下很少几家从前的老房子。我回到伯父家，一提起市镇的话题，伯母就说：

"文子走遍了市镇的每个角落，不是吗？"

不用半天的工夫，就能走遍田能村竹田的故居、田伏宅邸遗址的天主教隐蔽礼拜堂、中川神社的圣地亚哥的钟、广濑神社、冈城遗址、鱼住的瀑布、碧云寺等名胜。

在竹田町，有许多人把田能村竹田称为"竹田先生"。听说昨天我在久住所走的路，就是当年诸侯携仪仗出行通过的路，也是竹田和广濑淡窗等众多的丰后地方文人往返必经之路。赖山阳造访竹田时，走的也是这条路。竹田的故居里，还保存着他同山阳以煎茶为乐的茶室。在这茶室与主房之间的庭园里，但见阳光照在微微发黄的芭蕉叶和枯萎的叶子上。梧桐叶也发黄了。当年种植着竹田请山阳吃的蔬菜的那块菜畦的遗址，就在主房的前面。竹田纪念馆的画圣堂，虽是新的建筑，但里面也有茶室，这里用的是抹茶，还挂着竹田的南画。

天主教隐蔽的礼拜堂，就在竹田庄附近，那是在竹丛深处的岩壁上往深处凿出的一个相当宽广的洞穴。圣地亚哥的钟上刻有这样的字样——圣地亚哥医院，一六一二年。

原来当年竹田地方的城主是天主教徒。

竹田庄的庭园里置有织部灯笼，沿小路往上走不远再右拐，就是竹田庄的石崖，由此向相反的方向往左拐就是宅邸，据说古田织部的子孙都住在这里。从这宅邸前面走过，也觉得心扑通扑通地跳。传说当年古田织部的儿子来到竹田就一直住在这里。确实叫上殿町，是昔日武家宅邸的市镇。

我不能忘却。在圆觉寺的茶会上，初次与你见面的时候，是由稻村雪子小姐来沏茶的。

"您用什么茶碗？"

"用那个织部茶碗就行。"

栗本师傅说："那是你父亲所喜欢的茶碗，他送给我了。"不过，在你父亲持有之前，那只茶碗是我已故父亲的东西，是我母亲转让给你父亲的。雪子小姐用这只黑织部茶碗沏了茶，你喝了。仅仅这些动作，竟使我无法抬起头来，这是怎么回事呢？

母亲说："我也想用那只茶碗……"

难道母亲是喝了命运之毒吗？

我没有想到抵达父亲的市镇后，竟如此清晰地想起那次茶席的事来。如果那只黑织部茶碗还在师傅手里的话，希望你能把它要回来，并让它去向不明。请你也把我当作去向不明吧。

我走遍了父亲居住过的市镇，该离开竹田町了。我之所以絮叨地写了竹田町的事，那是因为我不会再来了，我想在父亲的故乡说与你分手的事。我没有打算发出这封信，但即使发出去，也是最后一封信了。

冈城遗址里，除了石崖之外，没留下什么东西。不过，险要的高地，倒是眺望的好场所，秋高气爽时，可以望到山景。祖母山、倾山等群山，还有其对面的九重，那大船山山顶，都锁在薄薄的白云层里。我走过来的高原和山巅就在那个方向。当我在高原的松树林荫下和芒草穗的波浪里不断想念你的时候，我想我已经可以与你分手了。到了现在还在说分手的话，未免太恋恋不舍了。即使我应该从你那里消失，但对一个女人来说，哪能那么干脆呢？请原谅，晚安！

在旅途的信中，我虽然写了希望你同雪子小姐结婚，但还是请你自由决定吧。我和母亲是决不会妨碍你的自由，也不会影响你的幸福的。请你绝对不要找我了。

六天旅途里，不断写了这些无聊的事，女人是多么爱絮叨啊。但愿你能理解逐渐与你分手的我。语言是空虚的，女人似乎只想留在对方的身边。虽然希望你能理解我，但是现在的我正相反。我要在父亲居住过的市镇重新开始。再见！

七

近一年半以前，菊治读文子的这些信，同与雪子新婚旅行归来的现在重读这些信，其间对文子语言的理解是相当不同的。

然而，他却不太清楚是怎么个不同。也许语言是空虚的吧。

菊治来到新居的庭院里，点火焚烧文子成扎的信。庭院没有什么像样的摆设，只是用粗糙的木板把狭窄的空地围了起来。

信纸已潮湿，焚烧不尽。

信札七零八落地散落在地上，菊治一个劲儿地划火柴。文子的字的墨迹逐渐变化，有的信纸化成灰烬后，字迹还残留着。

"语言也全都燃烧了。"

菊治将信纸一张张地扔进火堆里。

信都烧了，文子的语言将会变成什么样子呢？菊治把脸扭向一边，避开了烟尘。冬日的斜阳照射在木板围墙的角落上。

"你们的旅行生活过得怎么样？"

走廊上突然传来了栗本近子的声音，把菊治吓了一跳，涌起一阵厌恶感。

"干吗不说话呀？为什么不回答？听人家说，新婚家庭会被小偷盯上的呀。女佣也还没有来吗？也许只有两个人一起过一段时间会更好。雪子照顾得不错吧？"

"你从哪儿听说的?"

"是指你家吗?蛇钻的窟窿蛇知道嘛。"

"简直是条蛇。"菊治吐出了一句。

父亲去世之后,近子竟不打招呼就随随便便地进出他们的旧家,如今又出现在这个新家,这不免使菊治产生一种新的嫌恶感。

"不过,对雪子来说,隆冬季节里干厨房的洗涮活儿太为难她了。我来为你们服务好吗?"

菊治没有回头瞧她一眼。

"你在烧什么呢?是不是文子的信?"

剩下的还没有焚烧完的信,放在菊治的膝上。他是蹲着的,按理说近子是不会看见的。

"如果把文子的信烧了,也会暖和些吧。这是件好事。"

"我已经落魄到住这种房子了,没有请你进出这个家呀,我谢绝你。"

"我并没有妨碍你们什么嘛。你与雪子的关系,最初是我搭的桥,实在是可喜可贺啊。我也放心了。我只是想为你们服务……"

菊治将剩下的还没有燃尽的信揣在怀里,站了起来。

近子看了看菊治,她站在走廊的一头,不禁后退了一步,说:

"啊?你的脸色为什么那么可怕?雪子的行李好像还没有收拾,我想来帮帮忙,可是……"

"真是莫大的援助。"

"不是援助。只是我愿服务的一片心,难道不能理解吗?"

近子已筋疲力尽,当场坐了下来,刚提起左肩,就胆怯似的有点儿气喘。

"夫人回娘家了吧?为什么要把夫人留下?你马上就回家来了,她很担心呀。"

"你也去过雪子的娘家了吗?"

"我去祝贺了。如果不妥,那我道歉。"

近子说着,窥视了一下菊治的脸色。菊治息怒,说:

"对了,那只黑织部茶碗还在吧?"

"你父亲送给我的那个吗?还在。"

"还在的话,我希望能让给我。"

"嗯?"

近子有点迷惘,透出了怀疑的目光。不久就像怨恨干枯了。不过,她说:

"是的,你父亲的东西,虽然我一辈子也不想放手,但菊治你一定想要的话,今天或明天我就……另外,你是想办茶席吗?"

"希望你现在就拿来。"

"明白了。把文子的信焚烧了之后,用黑织部茶碗喝上一碗茶。"

近子把头耷拉下来,像是要区分什么似的,然后走了出去。

菊治又下到庭院里,手在颤抖,连火柴也很难划着。

新家庭

一

雪子是个活泼的女子，不过菊治偶尔也见过她面对着钢琴发呆。在这所房子里，钢琴的体积显得大了。

这架钢琴是菊治新建立了关系的制造厂家的产品。菊治的父亲早先是乐器公司的股东。这家乐器公司当然也一度被改成兵工厂。战后，乐器公司的一名技师决心要制作自己设计的钢琴，由于父亲的关系，技师经常到菊治这儿来商谈，菊治就把卖房子的钱做了投资。

这个小小的制作厂把一架制作出来的钢琴样品也搬到菊治的新居里来了。雪子的钢琴留给了老家的妹妹。雪子并不是不能在老家为妹妹购买另一架钢琴，所以菊治曾两三次对雪子说过：

"如果觉得这架钢琴不合适，可以把过去的那架要回来，可不要顾虑我啊。"

雪子在钢琴前发呆，菊治以为她可能不喜欢这架钢琴。

"这架就很好呀。"雪子像听到意外的事似的说；"我虽然不太懂，但调音师不是也称赞过的吗？"

其实，菊治也知道不是出于钢琴的缘故。再说，雪子还没达到爱好钢琴的程度,她对钢琴还不是很热心,也不是特别擅长。

"你坐在钢琴前发呆……"菊治说,"看样子你像是不喜欢这架钢琴。"

"同钢琴没有关系,是另一件事。"雪子诚实地回答。她本想接着说什么,可突然又改变了主意似的,"你发现我在发呆吗?什么时候看见的?"

正门旁边照例连接着西式房间,钢琴摆在那里,从餐室或二楼菊治的房间都看不见。

"在娘家的时候,吵吵闹闹的,哪有发呆的工夫。能发呆是稀罕事儿。"

菊治脑子里浮现出雪子娘家的情景——她双亲和兄弟齐全,客人进进出出,一派热闹的景象。

"但是,以前我遇见雪子你时,你给我的印象毋宁说是沉默寡言的。"

"是吗?我可爱说话啦。与母亲和妹妹在一起时,就没有过沉默的时候。三个人当中总有人说话,尽管如此,三人当中也许我是最不善言谈的。一想到母亲在客人面前话太多,我就沉默不语。母亲那些酬酢的话,就连你恐怕也会听腻的。如果常在母亲身边的话,说不定也会变成一个沉默寡言、态度冷淡的姑娘哪。不过,妹妹总是配合母亲……"

"你母亲大概希望把你嫁到更阔绰的人家吧。"

"是啊。"

雪子诚实地点了点头。

"到这里来之后,我的话只有在娘家时的十分之一。"

"因为白天只有你一个人在家。"

"即使你在家,我也不会像着火似的说个没完吧。"

"是啊。一外出散步,你就喜欢说话了是不是?"

菊治边说边想起晚上两人在街上散步时,雪子仿佛忘却了近来的寒冷,愉快地说个不停,贴近过来搭着菊治的胳膊。雪子一步出家门,是不是就有某种解放感呢?

"现在不能一个人独自出去了,在娘家时出门回家后,就会将外面的情况对母亲诉说一番,然后又要向父亲诉说同样的话。"

"那么,父亲一定也很高兴啊。"

雪子凝视着菊治,点了点头。

"有时我一对父亲诉说,母亲便再听一遍,还小声地笑了。"

雪子离开这种充满爱的氛围,来到菊治这里,坐在简陋的餐室里,她感到直到现在,自己还是不理解菊治。

菊治发现雪子的眼帘边长着一个小小的浅黑痣,这是两人一起生活之后他才发现的。

在菊治的眼里,雪子的牙齿很美,仿佛在熠熠生辉,这也是两人同住一个房间之后才感受到的。接吻的时候,他也被她那牙齿的清纯打动。

菊治拥抱着逐渐习惯接吻的雪子,有时会突然泪如泉涌。因为还停留在接吻的程度上,他觉得雪子无比可贵又可爱。

但停留在接吻上,雪子似乎不像菊治那样感到懊恼和焦虑。关于结婚的事,雪子不至于无知到如此程度。但是对她来说,仅仅接吻和拥抱已是十分新奇,已是充分获得了爱的满足,她回报了菊治。

菊治自己也感到很痛苦,有时他在反复考虑,这样的新婚生活并不是不自然,也不是不健康吧?

雪子从蔬菜店购来了大萝卜和青菜,菊治甚至看见这种蔬菜的绿色和白色也觉得很新鲜。仅这一点,不是也很幸福吗?过去在古老的房子里,同老女佣一起生活的时候,从来不曾看见过厨房的蔬菜这类东西。

"一个人住在那样宽阔的房子里,你不感到寂寞吗?"

雪子来到这个家之后不久这样问过菊治。在这短暂的时间里,她甚至远溯到过去体恤菊治,诚心实意地听菊治诉说。

菊治早晨醒来,看见雪子不在身边,蓦地涌起一股寂寞感。雪子早晨要干家务活,当然要早起床,可是他醒来时如果看到雪子的睡姿,着实有一种笼罩在温馨的氛围里的感觉,因此,他甚至努力试图比雪子醒得早。一看见雪子不在贴邻的卧铺上,他甚至会被一种轻度的不安侵袭。

一天傍晚，菊治刚回到家里就喊道：

"雪子，雪子，你在用名叫 Prince Machabelli（马查贝利王子）的香水吗？"

"哎呀，怎么啦？"

"为钢琴的事，我见了一位女客人，她是这么说的。还真有人鼻子这么灵敏呀。"

"为什么会谈到香味儿呢？"

雪子说着，嗅了嗅接过来的上衣，这时她想起来了，说：

"香水瓶子放在西服衣柜里，都忘了呀。"

二

二月末，接连三天下雨。黄昏前，雨刚停息，天空又柔和地垂下了阴云，隐约呈现出一片淡淡的粉红色，云烟氤氲地扩展开去。在这样一个星期天里，栗本近子抱着黑织部茶碗来了。

"喏，我把值得纪念的茶碗带来了。"

近子说着，就从双层盒子里取出茶碗，双掌捧着观赏。然后，她将茶碗放在菊治的膝前。

"此后正好是使用它的季节。上面的图案是早生的蕨菜……"

菊治把茶碗举起来，却没有看它。

"几乎都忘了，这时候你才拿来。你不是说当天就拿来的吗？你没来，我还以为你不会拿来了呢。"

"这是早春使用的茶碗，冬季期间即使送到也没用嘛。再说，一旦撒手，我也确实依依不舍啊。说难分难舍，未免有点儿那个，不过……"

雪子来给他们斟了粗茶。

"夫人，实在不敢当。"近子小题大做地说，"夫人，没有女佣，就这样过冬的吗？真能忍耐啊！"

"我想两个人单独多待一些时候。"

雪子明确地回答，把菊治吓了一跳。

"真佩服。"近子点了点头,接着又说,"夫人,你还记得这只织部茶碗吗?记忆犹新吧。这是作为我的贺礼送给你们的,是至高无上的……"

雪子像要探问什么似的望了菊治一眼。

"请夫人也坐到火盆边来吧。"近子说。

"是。"

雪子靠近菊治跪坐下来,她的胳膊肘几乎与菊治相碰。菊治不由得想笑出来,却又强忍住,对近子说:

"白要可不行,希望你把它卖给我。"

"哪里的话。我再怎么落魄潦倒,也不能把你父亲送给我的东西卖给你啊,你想想看……"近子正经八百地说,"夫人,我已经很久没有看见夫人点茶了,像夫人这样认真而又有品格的点茶小姐,是举世无双的。你在圆觉寺的茶会上第一次用这只织部茶碗为菊治沏茶的情景,如今还历历在目。"

雪子沉默不语。

"如果你用这只织部茶碗再给菊治献上一碗茶,那么我把茶碗送来也就有价值了。"

"可是,我们家已经没有什么茶具了呀。"

雪子依然低着头回答。

"哎呀。不要这样说……点茶嘛,只要有圆筒和竹刷子就能点。"

"哦。"

"请一定好好爱护这只织部茶碗。"

"是。"

近子瞅了一眼菊治的脸,说:

"说是什么茶具都没有了,但是还有水罐吧?那个志野水罐。"

"它已经作插花用了。"菊治赶忙说。

水罐是太田夫人的遗物,菊治也确实把它保存了下来,还把它带到这个家里来,收藏在壁橱里。几乎忘却了的东西,突然被近子点了出来,菊治大吃一惊。

可以想象,近子对太田夫人的憎恶一直延续到现在。

雪子也送近子到了大门口。

近子在门口仰头望着天空说:

"街上的灯光仿佛映照着整个东京的天空啊……天气逐渐转暖,太好了。"

近子耸起一边肩膀,摇摇晃晃地走了。

雪子依然跪坐在大门口。

"什么夫人、夫人地叫唤,好像有点造作,令人讨厌啊。"

"实在讨厌。她大概不会再来了。"

菊治也在大门口站了一会儿。

"不过,她说'街上的灯光仿佛映照着整个东京的天空',这句话倒是挺漂亮的。"

雪子走下来,把大门门扉打开,望了望天空,又回过头来想把门关上。这时,只见菊治也仰望着天空,她有点踌躇了。

"可以把门关上吗?"

"啊。"

"真是暖和起来了。"

他们折回了餐室,织部茶碗依然摆放在那里。雪子等着把它收拾起来,菊治却说想上街去。

他们登上高台的宅邸街。雪子在没有行人的地方主动拉着菊治的手。雪子好像要用手来表现体贴。然而,冬天的水把她的手弄粗糙了,掌心也变得粗硬了。

"那只茶碗,不是白要的,是买的吧?"雪子突然问道。

"啊,要把它卖掉。"

"是嘛。她是来卖茶碗的吧?"

"不,我要把它卖给古董店。只需把卖的钱退还给栗本就行。"

"哎呀,要卖吗?"

"那只茶碗在圆觉寺的茶席上出现时,雪子你也听说了不是吗?刚才栗本也说了。那是我父亲送给栗本的。茶碗到我父亲手里之前,是太田家收藏的。这只茶碗有这样一段来历,所以……"

"可是,我对这种事毫不介意。是好茶碗的话,你就留着好了。"

"毫无疑问，这是一只好茶碗。但正因为是好茶碗，所以更应当为茶碗本身着想，把它交给古董店，要让它去向不明，我们完全不知道才好哪。"

菊治终于使用了文子信中"要让它去向不明"的语言。他从栗本近子那里把茶碗要回来，也是按照文子信中的嘱托办的。

"那只茶碗有那只茶碗高尚的生命，就让它离开我们继续生存下去吧。我所说的我们这些人当中，没有包括雪子……那只茶碗本身是坚强而美丽的，它的姿影并没有让不健康的固执缠绕。然而，伴随着茶碗的我们的记忆却是糟糕的，它玷污了茶碗，又让我们亲眼看见。我所说的我们，充其量也不过是五六个人。过去不知有几百个人珍惜地把那只茶碗保存并传承了下来。那只茶碗制成之后，可能已历经四百年了，所以从茶碗的寿命来看，太田先生、我父亲和栗本近子拥有它的时间，不过是极短暂的时间。宛如薄薄的云层飘过时投下的影子。假如它能够传承到健康的持有者手里就好了。即使我们死了，那只织部茶碗还会在某人那里美好地存在，我觉得这样就很好。"

"是吗？你有这样的想法，不把它卖掉不是更好吗？我倒无所谓呀。"

"不要舍不得放手呀，我一向对茶碗不执着。我想用那只茶碗清除掉我们的污垢。让栗本持有它，我觉得很不舒服。比如，在那次圆觉寺茶会上，被她拿了出来。茶碗是不会被人类的丑恶关系束缚住的。"

"听起来茶碗似乎比人更了不起。"

"也许是吧。我不十分懂得茶碗,但是好几百年来,识货的人把它传承了下来,因此我不应该打碎它,还是让它去向不明吧。"

"即使把茶碗作为我们对往事的回忆留下来,我也是能够接受的呀。"

雪子用非常清澈的声音再说了一遍。

"即使我现在不明白,但有朝一日,如果还能清楚地看到那只茶碗,岂不是很愉快的事吗……早先的事我倒不介意,如果你把它卖了,日后回想起来,不会觉得寂寞吗?"

"不会。那只茶碗的命运是离开我们不知去向呀。"

菊治就茶碗的事,终于谈到了命运之类的话,他忆起文子,心如刀绞。

两人漫步了一个半小时才回家。

雪子想将火盆里的火移到被炉里的时候,蓦地用双掌捂着菊治的手,让菊治感受右手和左手的温度不一样。

"吃点儿栗本师傅送来的点心好吗?"

"我不想吃。"

"是吗?她送来了点心,还送来了浓茶。说是从京都带来的……"雪子天真地说。

菊治将包裹着织部茶碗的包袱收藏到壁橱里，看见放在壁橱深处的那只志野水罐，就想把它连同茶碗一起卖掉。

雪子用面霜搽过脸，取下头发上的发夹，做睡觉的准备。她抖开了长发，边梳头边说：

"我想把头发剪短，好不好？不过，让人家看见后脖颈，总觉得怪不好意思的。"

她说着撩起头发让菊治看了看。

大概是口红不易擦掉的缘故，她将脸靠近镜子，微张嘴唇，用纱布擦了擦，又照了照镜子。

在黑暗中，相互温暖对方。菊治心想，这样，什么时候才冒渎神圣的憧憬呢？他陷入自己内心的深渊。但最纯洁的东西是任何东西都不能使它龌龊的，因此它可以宽容一切。难道那种事就不可能吗？他浮想联翩，任意设想着拯救的办法。

雪子入睡后，菊治把胳膊抽了出来。可是，离开了雪子的体温，他感到一阵可怕的寂寞。还是不应该结婚啊，这种咀嚼般的后悔爬上了心头，贴邻的那张冰冷的睡铺在等待着他。

三

连续两天的黄昏,天空呈现一片隐约可见的淡淡的桃红色,渐渐地扩展开去。

菊治在回家的电车上,望见新落成的高楼大厦窗口的灯光,全都是白晃晃的,心想那是什么呢,好像是荧光灯。整座高楼的房间灯火通明,显出一种新建的喜悦。这座大厦的斜上空,悬挂着一轮接近满月的明月。

菊治到达家里的时分,天空的桃红色云彩大概是被那边的落日吸引过去了,仿佛沉了下去,变成漫天的晚霞。

快到自家的拐角处,菊治心里忐忑不安,伸手摸了摸外套的内兜,确认那张支票还在兜里。

雪子走出邻居家,小跑般地进了自家的房门。菊治看见她的背影,雪子却没有发现菊治。

"雪子,雪子。"

雪子从房门里走了出来。

"你回来了。刚才,你看见啦?"

她说着脸上泛起了一片红潮。

"邻居给我转达了妹妹打来的电话……"

"哦?"

菊治始料未及,从什么时候起邻居家给转达电话了呢?

"今天的天空也像昨天黄昏时分的天空一样,而且比昨天更晴朗,很暖和。"

雪子仰望着天空。

菊治更衣时,将支票掏出来放在茶柜上。

雪子低着头,一边收拾菊治脱下的衣服,一边说:

"妹妹来电话说,昨儿星期天,她同父亲两人想来……"

"来我们家?"

"是啊。"

"来就好了嘛……"菊治若无其事地说。

雪子停住了用刷子刷裤子的手。

"你说什么来就好了嘛……"她像把话推回去似的说,"前些日子我已去信让他们暂时不要来。"

菊治觉得奇怪,险些想反问那是为什么。他蓦地察觉到,因为还没有彻底成为夫妻,雪子害怕她的父亲前来。

可是,雪子立即抬头望着菊治说:

"父亲不来,希望你请他来一次。"

菊治像雪子的眼睛那样光彩夺目地欣然回答:

"即使不请,如果来了不是很好吗?"

雪子很开朗地说:

"因为是女儿嫁出去的地方……不过，好像也不是那样。"

菊治是不是比雪子更害怕她父亲前来造访呢？在雪子说话之前，菊治没有注意到，自从结婚之后，他还没有招待过雪子的双亲和兄弟姐妹。可以说，他几乎忘却了雪子娘家的亲戚。菊治同雪子的异常结合，竟陷入了如此状态。或者正因为没有结合，所以雪子以外的事，他什么都无法想吧。

只是对太田夫人和文子的回忆，像虚幻的蝴蝶似的总也离不开菊治的脑海，也许这就使他变得无力。仿佛可以看见蝴蝶在脑海黑暗的底层飞舞。那不是太田夫人的幽灵，而好像是菊治悔恨的化身。

然而，雪子给父亲写信让他不要来这件事，足以使菊治领悟到雪子悄悄的悲伤和困惑。栗本近子也觉得很不可思议，雪子没有女佣帮助就这样过冬，大概还是害怕被女佣嗅到他们夫妻的秘密吧。

尽管如此，很多时候菊治的眼里只看见雪子光彩夺目，十分开朗，这与她努力尽心体贴菊治是分不开的。

"你是什么时候把那封信发出去的？那封让父亲不要来的……"菊治问了一句。

"可能是过了正月初七吧。过年的时候，我们一起回老家了嘛。"

"那是初三。"

"是在那以后过了四五天吧。正月初二，父母亲都忙于接待客人，所以妹妹一个人来拜年的嘛。"

"对。她还带来这样的使命——希望我们明儿去横滨。"菊治边说边想起来,"可是,写信让父亲不要来,不够稳妥呀。我们请他下个星期天来好不好?"

"嗯。父亲一定会很高兴的。他一定会带着妹妹来。父亲一个人来可能会不好意思呢……多亏有个妹妹,我也觉得很庆幸。造化安排得真妙啊。"

有个妹妹,雪子大概也觉得轻松些吧。毫无疑问,雪子想尽量不让父亲看到自己同菊治这种不像结婚的婚姻生活。

雪子烧好了洗澡水,菊治走到小浴室,就听见查看热水温度的声音。

"你饭前洗澡吧。"

"好,就这么办。"

菊治洗澡的时候,雪子在浴室玻璃门外扬声问道:

"放在茶柜上的支票,是干什么用的?"

"啊,那个,是卖掉织部茶碗的钱。得把它交给栗本。"

"那只茶碗那么贵吗?"

"不,那里面包括我们家水罐的钱。"

"哦,大概一半吧。"

"即使一半,也是相当大一笔钱啊。"

"对,拿这笔钱来干什么用呢?"

织部茶碗的事，雪子是知道的，昨天晚上散步时也谈过了。但是，志野水罐的来龙去脉，雪子一点儿也不了解。

雪子站在浴室的玻璃门外面，说：

"不要把钱花掉，用它来买股票怎么样？"

"股票？"

菊治感到意外。

"是这样的……"雪子打开玻璃门，走了进去。"父亲把相当于那一半的一半的钱交给我和妹妹，说让我们拿去增值。我们就存到经常出入我们家的股票商那里，让他代买有把握的股票，股票跌价的时候就不卖，等它涨价，把它卖掉再买别的股票，这样就会逐渐积少成多地增值了。"

"嗯。"

菊治寻思，仿佛看到了雪子娘家的家风。

"我和妹妹每天都读报上的股票栏。"

"你现在手头还有那股票吗？"

"有呀。一直存在股票商那里，所以自己也未见过……股票下跌的时候不卖，是不会吃亏的。"雪子很单纯地说。

"那么，是不是把那笔钱也存放到你认识的股票商那里呢？"

菊治边笑边望着雪子。雪子罩上白色的围裙，脚穿毛线短筒袜子。

"雪子也进来一起暖和暖和身子怎么样?"

雪子以眼神显示腼腆,美极了。

"我还要准备晚餐哪。"

她说着轻快地走出去了。

四

这周星期六,已进入三月了。

父亲和妹妹明天就要来,雪子在晚饭后独自一人外出采购,买了水果,还抱了一束花儿回家来。她打扫厨房至深夜,然后坐在梳妆台前,长时间地梳理头发,自言自语地说:

"今儿,我特别想把头发剪短。前些日子你说过剪了也好,可是我想,让父亲看见了吃惊也不好……所以只让人家整了整发型,可这种发型我不惬意,总觉得有点滑稽。"

雪子钻进被窝后仍然平静不下来。菊治多少有点妒忌,觉得父亲和妹妹就要到来,竟能使她如此高兴啊,同时也不能不意识到雪子大概是由于寂寞的关系吧。他温存地把她抱过来。

"你的手很凉呀。"

菊治将她的手放在自己的心窝上,一只胳膊搂住雪子的脖颈,另一只手从雪子的袖口直伸到肩膀抚摩着。

"说点儿什么吧。"

雪子松开嘴唇,摇了摇头。

"有点痒呀。"

菊治说着拂去雪子的头发,将头发理到她的耳后,接着又说:

"你叫我说点儿什么,你还记得我说过伊豆山吗?"

"不记得啦。"

菊治不能忘记。那时候,他在黑暗的深渊,一边闭上眨巴着的眼帘,一边想起文子,想起太田夫人,通过这种胡思乱想是不是能够获得那种面对雪子的纯洁的力量呢?他在做丑恶的挣扎。明天雪子的父亲将到来,能不能以今晚为界呢?菊治又试图回忆起太田夫人那种女人起伏的感情,却越发感受到了雪子的纯洁。

"雪子你讲点儿什么吧。"

"我没有什么可说的呀。"

"明天你见到父亲,打算跟他说什么呢……"

"跟父亲嘛,到时就自然会说出来的呀。父亲只不过是想来我们家看看而已。只要他看到我们生活得很幸福就可以啦。"

菊治一声不响,雪子将脸贴近他的胸脯,他还是一动不动。

第二天上午十点多钟,雪子的父亲和妹妹来了。雪子高高兴兴地干活,她同妹妹两人说说笑笑。刚要提前开午饭,栗本近子也来了。

"家里来客人了吗?我只见见菊治就行。"

传来了栗本在大门口对雪子说话的声音。菊治站起身走了过去。

"你把那只织部茶碗卖掉了吗?原来你是为了出卖才从我这里要回去的呀,既然如此,为什么要把卖掉的钱退回给我呢?"近子接二连三地兴师问罪来了,"本想马上就来问个明白的,可是回头一想,不是星期天的话菊治你就不在家,我十分焦虑不安。虽然也可以晚上来，不过……"

近子从手提包里掏出菊治的信。

"这个还给你，里面原封不动地装着那笔钱，请你数数……"

"不，我希望你原封不动地收下。"菊治说。

"我为什么要收下这笔钱呢？难道这是断绝关系的钱吗？"

"你别开玩笑了。我现在有什么理由要给你支付断绝关系的钱，不是吗？"

"说的也是啊，即使作为断绝关系的钱，又何必把那只茶碗卖掉呢。再说，我收下这笔钱，也莫名其妙嘛。"

"那是你的茶碗，才把卖茶碗得到的钱送给你嘛。"

"我这是送给你的呀。这是你希望要的。我觉得它是你们结婚的最好纪念。对我来说，它是你父亲的纪念品……"

"你不能就当作卖给我，把那笔钱收下吗？"

"那是办不到的。我再怎么落魄潦倒，也决不能把你父亲送给我的东西卖掉，更不用说是卖给菊治你啰。前些日子，我不是已经拒绝过了吗？再说，你不是卖给古董店了吗？如果非要我接受这笔钱不可，那么我就用这笔钱把它从古董店那里赎回来。"

菊治心想，早知如此，何必老老实实地写信告诉她，把卖给古董店的钱送给她不就行了嘛。

"哎呀，请进来吧……住在横滨的父亲和妹妹来了，没关系的。"

雪子稳重地说。

"你父亲？……啊，是吗？正好，请让我见见他。"

近子蓦地放松下来了，点了点头。

附录

《千只鹤》：川端的美学思想

叶渭渠

爱与道德的冲突

　　川端康成在《千只鹤》这部作品里，主要是将菊治同太田夫人以及其女儿文子的关系，放在道德与非道德的矛盾冲突中来塑造这些人物形象的。

　　菊治在与太田夫人发生"非寻常关系"之后，一方面想极力摆脱太田夫人，另一方面又觉得这样做于心不安，乃至在太田夫人死后仍感到自己太卑鄙，在街上望见中年妇人的身影也幻想着是太田夫人，诅咒自己"简直是个罪人"。他认为死者不会用道德制约活着的人，于是染指文子，又自以为是"中邪"，乃至文子失踪后，怀疑文子是否跟其母亲一样，背上了深重的罪孽。

　　他常常抱着一种"畏罪""请罪"的心情，同时又感激太田夫人和文子对自己的爱。他虽然在道德上自责，但无法消除自己这种矛盾心理，相反，这更引起了他官能上的病态。太田夫人也是如此。她一方面为自己的不伦行为感到愧疚，叹息是一种"罪孽"，另一方面，又不能用理智克服感情，用道德战胜情欲，跌入痛苦的矛盾深渊而不能自拔，最后以自尽企图求得灵魂上的洁净。至于文子，她认为母亲的死是为了求得菊治的原谅，可又不认为母亲有罪，这只是母亲的"悲哀"。"悲哀"两字在日语中还含有"爱情"与"同情"的意思。菊治也认为"悲哀与爱情是相同的"。就这样，作家对太田夫人的死、太田夫人和菊治的乱伦，都不看作罪不可赦，而是真正爱情的表现。

在川端的笔下，栗本近子是唯一丑恶的人物，她忌妒菊治同太田夫人的爱情，特意介绍雪子给菊治认识，以破坏他们两人的关系。她更痛恨太田夫人同她分享菊治的父亲，诅咒太田夫人是"克服不了自己的荡性才死的，是一种报应"。最后造谣文子、雪子都已结婚来疏远和破坏菊治同这两个女人的关系。在这里，作家写近子胸前长着一块大黑痣，以她外形的丑和心灵的丑来同美丽的千只鹤图饰和素洁的志野茶碗做鲜明的对照，给人留下了美与丑的强烈印象。

作者企图将道德与非道德的矛盾和冲突加以调和，合二为一，目的在于说明：爱情不管是道德还是非道德的，只要出于自然、出于真诚，就是纯洁的。作家在描写菊治同太田夫人的不伦关系时，明显地贯穿了他们是两相情愿，不是互相诱惑，"与道德不相抵触"的思想，道德观念在他或她身上压根儿就不起作用。在这里，川端所追求的这种"美"，实际上是一种病态美。

《千只鹤》中的几个人物，唯一保持洁净的，恐怕只有雪子了。作家对雪子这个人物着墨不多，似不重要，事实上雪子是处在一个不可或缺的位置，对于美与丑的对比都是以她的存在作为中介的。所以作家以雪子作为纯洁的象征，用她的包袱图饰"千只鹤"作为书名并非偶然。用作家的话来说，千只鹤"是日本美的象征"。作家还以雪子的千只鹤图饰包袱同太田夫人的哭相相比较，也觉得哭相太丑陋了。作家的用意，是以这种"日本美"同某些人物的丑恶相对照，还是另有一层深奥的含义？这似乎是要留给读者想象和回味了。

可以说，川端在这部作品里渲染的，是变态爱情的精神力量，而不是性本能的生活。作为表现，在性行为方面，他采用简笔描写，写得非常隐晦、非常洁净。比如，对太田夫人和菊治似乎超出了道德范围的行为、菊治的父亲与太田夫人和近子的不自然的情欲生活，以及他们的伦理观等，都写得非常含蓄，行动与心态也写得朦朦胧胧，在朦胧中展现异常的事件。特别是着力抓住这几个人物矛盾心态的脉络，作为塑造人物的依据，深入挖掘这些人物的心理、情绪、情感和性格，即他们内心的美与丑、理智与情欲、道德与非道德的对立和冲突，以及深藏在他们心中的孤独和悲哀。

作者在小说改编电影的时候，作为原作者曾发表过意见，他一方面承认《千只鹤》是以写"不道德的男女关系为目的"的，另一方面又担心电影对人物的这种象征性心理描写过于直白，"搞不好的话，可能把它露骨地表现出来"。这说明，作家着眼于精神病态的呻吟，而不是单纯肉欲的宣泄。也就是说，他企图超越世俗的道德规范，创造一种幻想中的"美"——超现实美的绝对境界。正如作家所说，在他这部作品里，也深深地潜藏着这样的憧憬：千只鹤在清晨或黄昏的上空翱翔，并且题诗"春空千鹤若幻梦"。这恐怕就是这种象征性的意义吧。

赋予静止的物象以生命力

《千只鹤》运用象征的手法，突出茶具的客体物象来反映人物主体的心理。川端在这里尽量利用"茶室"这个特殊的空间作为活动的中心舞台,使所有出场人物都会聚于茶室,这不仅起到了介绍出场人物,以及便于展开故事情节的作用,而且可以借助茶具作为故事情节进展和人物心理流程的重要媒介,结果运用得非常巧妙和得当。在小说里,作家精心设计了一对红、黑釉的志野陶茶碗,这原是太田的遗物,由太田夫人转给菊治的父亲,再转给近子的,太田夫人死后,近子又转到文子手里,文子最后自己留下一只,转送给菊治一只,通过这种迭相传承,这对茶碗不仅联结这些人物的复杂关系,而且蕴含这些人物内心的情趣,象征这些人物的命运。

譬如,菊治因对茶碗的触感产生了一种恼人的幻象,才从文子的脸上看到了太田夫人的面影,而移心文子;文子用这对茶碗款待菊治,并相赠其中一只,表现了少女的一种纯粹的感伤;最后把手中的一只摔破了,揭示了她的命运与归宿;这又触发菊治产生同样深沉的悲伤,而太田夫人用过的茶碗留下的口红印痕,又使菊治感觉到一种诱惑,唤醒了他病态的官能,如此等等。看来作家企图将古茶具的"形式美",同作家主观认为的人物的"心灵美"统一,使违反道德的情欲变得合情合理。实际上,这种"形式美"与"心灵美"是很不协调的,因为作家描写的这种"爱情"在现实生活中是很难被人同情和认可的,它仅仅是满足和陶醉于一种畸形的颓废和病态罢了。尽管如此,作家用"茶道"这一传统艺术加以装饰,不是将茶道中的茶具作为背景和道具,而是赋予这些静止的东西以生命力,把没有生命、没有感情的茶具写活了,这不能不算是艺术上独具匠心的创造。

长谷川泉指出:"茶室和茶具成为作品背景的重要因子,它们作为情节发展的媒介被巧妙地活用了。注意到这一点,才能正确把握《千只鹤》的微妙之处。志野陶的茶具像有生命的东西似的与各种出场人物相对,来冷峻地凝视各自充满孤独和悲哀的徒劳的人生……"

川端康成运用茶室和茶具，还有更深一层的意义。正如他在《我在美丽的日本》一文中所说的："我的小说《千只鹤》，如果人们以为是描写日本茶道的'心灵'与'形式'的美，那就错了，毋宁说这部作品是对当今社会低级趣味的茶道发出的怀疑和警惕，并予以否定。"这一思想，与作家对战后日本文化受外国文化冲击的喟叹，以及对日本传统文化的执着追求是一脉相承的，但作家并没有在作品里充分贯彻这一思想，来对现实生活作出更有深度的艺术透视，反而对现实生活有了更多的担忧。

川端康成生平年谱

1899年	6月14日生于大阪市北区此花町,父亲是个开业医生,川端是家中长子。
1901年(2岁)	父亲病逝。随母迁至大阪府西城郡丰里村。
1902年(3岁)	母亲辞世,与祖父母迁居原籍大阪府三岛郡丰川村。
1906年(7岁)	入大阪府三岛郡丰川普通小学,因身体瘦弱多病,经常缺课,但学习成绩优异。祖母故去,与祖父相依为命。
1912年(13岁)	小学毕业,并以第一名的成绩考入大阪府立茨木中学。
1913年(14岁)	上中学二年级,博览文艺书刊,并习作短歌、俳句、新诗等,开始立志当小说家。
1914年(15岁)	祖父辞世,成为孤儿,独影自怜。在祖父弥留之际,如实地记录了祖父的状况,写就了《十六岁的日记》。短篇小说《拾骨》《参加葬礼的名人》等,都是在这个基础上重新改写而成的。

1915年（16岁）	在茨木中学开始寄宿生活，直至中学毕业。博览群书，从《源氏物语》到陀思妥耶夫斯基的作品，古今名著皆有涉猎。
1917年（18岁）	从茨木中学毕业，考入第一高等学校。这时期最爱读俄国文学。
1918年（19岁）	初次去伊豆半岛旅行，与巡回表演艺人同行，将与舞女邂逅的感情生活体验，写进了《汤岛的回忆》，成为名作《伊豆的舞女》的雏形。此后，每年都到伊豆半岛旅行，持续约十年。

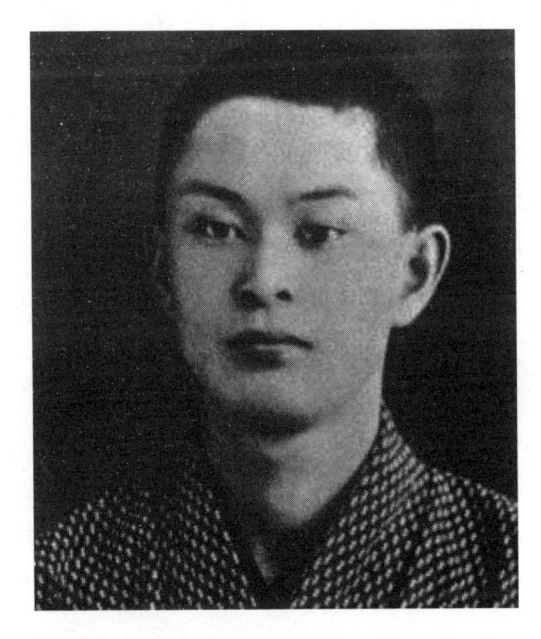

第一高等学校时期伊豆之旅中的川端康成

1919年（20岁）	发表描写初恋生活的小说《千代》。
1920年（21岁）	从第一高等学校毕业，进入东京帝国大学（今东京大学）文学系英文学科，取得文坛先辈菊池宽的支持。
1921年（22岁）	发表《招魂节一景》。这一年，发生了与咖啡店女招待伊藤初代从恋爱、订婚到感情破裂的事件，并将这一"非常"事件写成《南方的火》《非常》等作品。发表评论文章《南部氏的风格》，第一次拿到稿费。
1922年（23岁）	从东京帝国大学英文学科转读国文学科。开始从事持续近二十年的文艺评论活动。
1923年（24岁）	成为菊池宽创办的杂志《文艺春秋》的同人编辑。名字载入首次出版发行的《文艺年鉴》。
1924年（25岁）	从东京帝国大学毕业。与横光利一等创刊《文艺时代》，发起新感觉派文学运动。
1925年（26岁）	在友人家初次遇见松林秀子，一见钟情。发表了新感觉派纲领性的论文《新进作家的新倾向解说》。
1926年（27岁）	开始与秀子同居，寄住在友人家或居于伊豆汤岛。写了新感觉派唯一的电影剧本《疯狂的一页》，发表了《伊豆的舞女》，出版了作品集《感情的装饰》，主要收录了小小说。
1927年（28岁）	出版小说集《伊豆的舞女》。

1929年（30岁）	常逛浅草，结识了舞女们，做了大量采访笔记，开始连载小说《浅草红团》。
1930年（31岁）	在菊池宽主持的文化学院担任讲师，还兼任日本大学的讲师。加入中村武罗夫主持的"十三人俱乐部"，创作了具有新心理主义特色的小说《针、玻璃和雾》等。
1931年（32岁）	写了新心理主义小说《水晶幻想》。与秀子正式结婚。
1932年（33岁）	发表了《致父母的信》，以及体现他生死观的《抒情歌》《慰灵歌》等。
1933年（34岁）	《伊豆的舞女》第一次被拍成电影。发表小说《禽兽》和随笔《临终的眼》。
1934年（35岁）	被列名在右翼文化团体文艺恳话会的花名册上，其本人事前一无所知。开始连载《雪国》。

川端康成与夫人秀子

1935 年（36 岁）	担任文艺春秋社新设的"芥川奖""直木奖"的评委。出版随笔集《纯粹的声音》，继续连载《雪国》。
1936 年（37 岁）	发表《告别"文艺时评"》，宣告不写文艺评论，显示了对战时体制的"最消极的合作、最消极的抵抗"的姿态。发表《花的圆舞曲》。
1937 年（38 岁）	出版《雪国》单行本，获第三届"文艺恳话会奖"。写了《牧歌》《高原》等。开始连载《少女开眼》，开始写介于纯文学与通俗文学的"中间小说"。
1938 年（39 岁）	出版《川端康成文集》(全9卷，改造社)。观看并记录秀哉名人引退围棋战局，在报纸上发表《我写围棋观战记》。
1939 年（40 岁）	继续写围棋观战记，在报纸上连载。
1940 年（41 岁）	秀哉名人猝逝后，拍摄了名人的遗容。发表《母亲的初恋》《雪中火场》(《雪国》续章) 等。
1941 年（42 岁）	发表《银河》(《雪国》续章)。
1942 年（43 岁）	为了写《名人》《八云》等作品前往京都。
1943 年（44 岁）	赴大阪故里，收养表兄的女儿政子为义女。写了《故园》《父亲的名字》等。
1944 年（45 岁）	获得第六届"菊池宽奖"。其他活动概不参与，沉溺在古典文学的世界里。发表《夕阳》《一

	草一木》等。
1945年（46岁）	与友人开设出租书屋"镰仓文库"，热心投入这项工作。
1946年（47岁）	结识三岛由纪夫，并推荐和支持三岛《香烟》的发表，从此与三岛结下师生的情谊。发表《雪国抄》《重逢》等。
1947年（48岁）	参与重建日本笔会的工作，发表小说《续雪国》、随笔《哀愁》等。
1948年（49岁）	担任日本笔会会长。出版《雪国》定稿本、随笔集《独影自命》。创作《再婚的女人》。
1949年（50岁）	连载长篇小说《千只鹤》《山音》。
1950年（51岁）	在广岛举办的"世界和平与文艺讲演会"上发表了以《武器招徕战争》为题的"和平宣言"。开始连载《天授之子》《舞姬》等。
1951年（52岁）	出版《舞姬》单行本，开始连载《名人》。
1952年（53岁）	出版《千只鹤》《山音》单行本，《千只鹤》获"艺术院奖"。发表了《波千鸟》(《千只鹤》续篇)。
1953年（54岁）	被选为艺术院会员。担任"野间文艺奖"评委。开始写通俗小说《河边小镇的故事》。
1954年（55岁）	出版《名人》单行本，开始连载《湖》《东京人》。

1955 年（56 岁）	出版《东京人》单行本等。爱德华·塞登斯特卡节译的《伊豆的舞女》刊登在《大西洋月刊》日本特辑号上。
1956 年（57 岁）	出版《生为女人》等。是年起，作品在海外的翻译出版逐年增多。
1957 年（58 岁）	赴欧洲出席国际笔会执行委员会议，同时访问欧亚诸国和地区。主持在东京召开的第 29 届国际笔会大会。发表随笔《东西方文化的桥梁》等。
1958 年（59 岁）	被选为国际笔会副会长。发表《弓浦市》等。
1959 年（60 岁）	在法兰克福举行的第 30 届国际笔会大会上被授予歌德奖章。是年，在长期的作家生活中，第一次没有发表任何一篇小说。
1960 年（61 岁）	应美国国务院的邀请访美。作为特邀代表出席巴西圣保罗主办的第 31 届国际笔会大会。获法国政府授予的艺术文化军官级勋章。开始连载《睡美人》等。
1961 年（62 岁）	出版《湖》单行本，开始连载《古都》《美丽与悲哀》。获日本政府颁发的第 21 届文化勋章。
1962 年（63 岁）	出版《古都》单行本，发表《落花流水》等。
1963 年（64 岁）	出任日本近代文学馆监事、近代文学博物馆委员长。发表《一只胳膊》等。
1964 年（65 岁）	作为特邀代表，出席在奥斯陆召开的第 32 届

	国际笔会大会，归途历访欧洲各国。开始连载《蒲公英》(至1968年，未完)。
1965年（66岁）	辞去自1948年起担任的日本笔会会长的职务。开始连载《玉响》(至翌年，未完)。
1966年（67岁）	受日本笔会表彰，并受赠一尊由高田博厚制作的胸像。
1967年（68岁）	任新开的日本近代文学馆名誉顾问。开始连载《一草一花》等。
1968年（69岁）	获诺贝尔文学奖，赴斯德哥尔摩出席授奖仪式，并在瑞典科学院作题为《我在美丽的日本》的演讲。顺道访问欧洲诸国。
1969年（70岁）	赴夏威夷大学作题为《美的存在与发现》的特别演讲。作为文化使者，出席在旧金山举办的"移民百年纪念旧金山日本周"，并作题为《日本文学之美》的特别讲演。先后被授予美国艺术文艺学会名誉会员、夏威夷大学名誉文学博士称号。

川端康成与电影《伊豆的舞女》中饰舞女的吉永小百合在拍摄现场

	回国后又被授予镰仓市名誉市民等称号。生前第五次出版《川端康成全集》(全19卷)。
1970年（71岁）	出席在中国台北举办的亚洲作家会议。作为特邀代表，出席在韩国汉城召开的第38届国际笔会大会。发表《竹声桃花》等。
1971年（72岁）	举办"川端康成个人图书展"。任日本近代文学馆名誉馆长。
1972年（73岁）	出席《文艺春秋》创立50周年举办的新年社员见面会，并作了演讲，以《但愿是新人》为题发表在《诸君》上。4月16日在逗子市的玛丽娜公寓口含煤气管自杀。

1968年12月10日川端康成在诺贝尔奖授奖仪式上领奖

译著等身，风雨同路：
记学者伉俪叶渭渠、唐月梅

1945年9月，在越南西贡堤岸的知用中学里，叶渭渠和唐月梅初次相遇。彼时，15岁的唐月梅在此读初二，而17岁的叶渭渠刚转学至此，两人正值青春年少。

唐月梅学习成绩优异，又有文艺天赋，在叶渭渠来到知用中学时，她已是学校学生会的主席，是学校里的风云人物。当已然80岁的唐月梅老人谈起两人的初遇时，眼神里闪烁着当年的怦然心动："只见一位少年骑着自行车，正好从对面过来。多么神奇的眼神！"

叶渭渠以俊朗的外表和极高的修养，赢得了老师和同学们的喜爱。他思想进步，积极向共产党组织靠拢，逐渐成为地下学联的主席。这个组织旨在宣传新思想，反对国民党的腐败统治，同时参与越南共产党组织的一些活动。这些都是很隐秘的地下活动，所有成员都是单线联系。叶渭渠发展唐月梅加入，自己作为她的联系人。叶、唐二人在校期间曾一同排演话剧，成为令人艳羡的一对。革命和爱情的种子开始在这对青年男女懵懂的心绪中悄然生发。

1952年6月,叶、唐二人正式踏上归国的路途,最终回到祖国母亲的怀抱。二人在北京安顿下来后,准备考大学。一开始叶渭渠的志愿是新闻系,而唐月梅想学医。但周围有人建议,中国此时外语人才奇缺,作为华侨,他们有一定的语言优势,不如改考语言专业。最终,他们双双考入北京大学,就读于季羡林先生领导下的东方语言文学系,主修日语。

1956年,二人在老师和同学们的祝福下举办了一个小小的婚礼。"新房借用的是一位休假教师的宿舍,加两个凳子,再铺上块木板。全班同学合送了一条新毛巾,算是最值钱的家当。三天后,我们就回到各自的宿舍,随后到青岛旅游度蜜月。"就这样,相识十一年的二人正式结为夫妻。

他们婚后的生活一直很清贫。对于生活的艰苦,二人在回国的时候做了充分的心理准备:只要能做自己喜欢的工作,无论怎样都可以适应。在最艰难的时刻,他们流泪烧毁了积攒的日文书籍,只留了一本日汉词典带在身边,每天晚上拿出来背单词。

20世纪70年代末,叶渭渠和唐月梅才真正开始日本文学的翻译和研究。此时他们的家庭负担异常繁重,上有老、下有小。他们只能挤在逼仄的杂物间里伏案工作。唐月梅回忆:"我们只能在杂物间支起一张小书桌,轮流工作。老叶习惯工作到深夜,我则凌晨四五点起床和他换班。"正是在这样窘迫的环境中,两人完成了《伊豆的舞女》《雪国》《古都》等重要作品的翻译工作。他们很少谈家事,对话大多也是关于工作和学问的。叶渭渠说,这种关系不是"夫唱妇随",也不是"妇唱夫随",而是"同舟共济,一加一大于二"。

不久后,《雪国》《古都》交由一家地方出版社准备出版。但那时川端康成尚属"思想禁区"中的重点人物,有人甚至写文章批判《雪国》是一部黄色小说。《雪国》《古都》译稿在出版社积压许久也没有进展,出版社想单独出版《古都》,可是叶、唐夫妇态度坚决,要么一同出版,要么将两部译稿一并收回。最终两部小说译稿不仅成功出版发行,还成了畅销书。专家和读者给予这两部译著很高的评价。

此后多年,二人同在中国社会科学院,做了大量有关日本文学与文化的研究工作,并共同访问日本。在川端康成的家中,他们见到了自川端自杀后就独自生活的秀子。

退休后,两人也不像一般老人那样颐养天年,而是决心"春尽有归日,老来无去时",两人用近三十年的时间合著了《日本文学史》,光是搜集整理文献资料就耗费近二十年。

叶渭渠、唐月梅携手走过半个多世纪的风雨人生,他们既是相濡以沫的夫妻,也是志同道合的朋友,堪称最美的伉俪学者。他们浩如烟海的译著成就,便是他们忠贞爱情的一大结晶。

图书在版编目（CIP）数据

千只鹤 /（日）川端康成著；叶渭渠译 .—杭州：浙江人民出版社，2022.12
 ISBN 978-7-213-10511-1

Ⅰ.①千… Ⅱ.①川… ②叶… Ⅲ.①中篇小说 - 小说集 - 日本 - 现代 Ⅳ.① I313.45

中国版本图书馆 CIP 数据核字（2022）第 032203 号

千只鹤
QIAN ZHI HE

[日]川端康成 著　叶渭渠 译

出版发行	浙江人民出版社（杭州市体育场路347号 邮编 310006）
责任编辑	徐　婷
责任校对	姚建国　徐永明
封面设计	艾　藤　沐　希
电脑制版	Magi
印　　刷	河北鹏润印刷有限公司
开　　本	880 毫米 ×1230 毫米　1/32
印　　张	8.375
字　　数	160 千字
插　　页	2
版　　次	2022 年 12 月第 1 版
印　　次	2022 年 12 月第 1 次印刷
书　　号	ISBN 978-7-213-10511-1
定　　价	49.80 元

如发现图书质量问题，可联系调换。质量投诉电话：010-82029336